德 明 书 系

蓝色的旋律

湛江当代诗歌评点

张德明 史习斌 著

Blue Melody

暨南大学出版社
JINAN UNIVERSITY PRESS

中国·广州

图书在版编目（CIP）数据

蓝色的旋律：湛江当代诗歌评点／张德明，史习斌著．—广州：暨南大学出版社，2015.11

ISBN 978－7－5668－1603－0

Ⅰ．①蓝…　Ⅱ．①张…②史…　Ⅲ．①诗歌评论—中国—当代　Ⅳ．①I207.25

中国版本图书馆CIP数据核字（2015）第204448号

蓝色的旋律：湛江当代诗歌评点

著　　者　张德明　史习斌
出 版 人　徐义雄
策划编辑　杜小陆　胡艳晴
责任编辑　黄志波　龙　欣　邹明球
责任校对　姚荇姝
责任印制　汤慧君　周一丹
出版发行　暨南大学出版社（广州暨南大学　邮编：510630）
网　　址　http://www.jnupress.com　http://press.jnu.edu.cn
电　　话　总编室（8620）85221601
　　　　　营销部（8620）85225284　85228291　85228292（邮购）
排　　版　广州良弓广告有限公司
印　　刷　佛山市浩文彩色印刷有限公司
开　　本　890mm×1240mm　1/32
印　　张　5.75
字　　数　160千
版　　次　2015年11月第1版
印　　次　2015年11月第1次
定　　价　26.80元

导　论：
湛江当代诗歌的地域性与超地域性

一

新诗发展已90余年，90岁对于一个人来说可谓长寿，但对于一种文学体式来说，90岁只能算刚刚开始。从不同的角度翻读90年新诗这本大书，我们都能发现它的迷人、它的精彩、它的令人欣慰之处，与此同时，不尽成熟的、稍显稚弱的、需要改进的方方面面不时隐现其间。回首是为了向前，总结寄望于提升。在此，我提出中国新诗创作中的地域性与超地域性问题，我觉得对这个问题的关注与反思可以把我们牵引到诗歌创作的内部，从精神纹理上来审视和读解中国诗歌的民族特色和艺术含金量，为新诗的继续发展与拓进提供一些宝贵的参照。

新诗的地域性触及诗性空间的问题，诗性空间与诗人生命体验的厚度和艺术表达的宽度是直接相关的。一般来说，一个诗人拥有的诗性空间越大，他在诗艺探索的路途上就将走得越远，他在诗歌中所能达到的境界也就越高。在诗人的文学领地上，地域性与超地域性是一对相反相成的精神范畴，它们从不同的层面供养着诗人的创作灵感和思维泉源，又在不同程度上牵制或者耗费着诗人的艺术精力。二者都是诗人进行审美想象与艺术创造的重要基因，并以富有张力的存在态势蓄积在诗人的思想洼地之中。

地域性是每一个诗人的精神胎记，它意味着诗人精神的来历、情感的出处，是诗人开采不尽的生命矿场。地域性是诗歌的祖籍，一个没有祖籍的人将是一个终生漂泊的人，永远都处于无根状态；一个没有祖籍的诗人将是一个没有灵魂故乡的诗人，永远都无法品尝这个世界最本真的情与爱、苦与悲并将其呈现出来。中国新诗史上出现了许多带有明显地域标志的诗人与诗歌群体：胡适自由自然表达中的徽派风范，朱湘摇曳多姿的江南抒情，昌耀苍莽大气的边塞气息，“非非”“莽汉”诗人冲决陈说、逆反变构的巴蜀野性等，都是新诗显露地域性特色的极好例证。地域性在某种程度上就是诗人的精神驻地和灵魂港湾，它积聚着源头久远的历史记忆和文明承传，是诗人无法摆脱并将终身受用的心灵底纹与集体无意识。

与地域性相比，超地域性对于诗人的成熟与成功来说或许更为重要和关键。超地域性是在新诗走出了某一过于明晰的空间印记之后建构起来的多地域色彩并存混响的艺术品格，超地域性的生成意味着新诗摆脱了地域性的狭隘与拘束，意味着诗人摆脱了抓住一点不放的一根筋思维，也意味着诗歌在多时空的交汇与熔铸中获得了新的生命形态。换句话说，超地域性是每一个诗人艺术空间拓展和诗意品格提升最重要的心灵符码和精神标记。在中国新诗史上，徐志摩的《再别康桥》之所以被一代代读者不断传诵，艺术生命力至今不衰，就是因为它在坚守地域性的同时，较好地体现了新诗的超地域性。具体来说，一方面，《再别康桥》生动地体现了吴越文化温婉、柔情的地域特色；另一方面，诗歌又将英美的绅士风情和文明底蕴灌注其间。也就是说，《再别康桥》的魅力正在于它的地域性与超地域性的交响，它既是传统的，也是现代的；既是民族的，更是世界的。

徐志摩的成功提醒我们，一个诗人要想走得更远，就必须处理好地域性与超地域性的辩证关系。我们既不能为了获得超地域性而放弃地域性，诗歌中的超地域性必须以地域性为基础，没有地域性的所谓超越是不真实的、无根的，最终所获得的升腾与超越也会显得虚浮和没有分量；也不能为了守住诗歌的根底而在超地域性前望而却步，我们必须看到，一个走不出故乡的诗人，他的诗歌作品注定了只能在狭窄的视界、浅俗的思想和老套的手法上兜圈子，永远无法进入精神的高地，无法触摸大地最细敏的神经，感受灵魂最剧烈的挣扎与疼痛。

诗歌中地域性与超地域性两种特征矛盾统一、对立互补的关系告诉我们这样的道理：每一个诗人都应该有一个精神原点，有一个思想的发源地和灵魂的出处，这就是他的诗歌中那种蕴藏很深、幽幽不绝、妙趣横生的地域性素质和品格；同时，每一个诗人又都应该眼观四野、心怀天下，不被一时的生活积累所附着，不为一地的人文情貌所局限，以超地域的情怀和眼界来迎受纷至沓来的物象，全方位感受喧嚣错杂的现代化浪潮，多角度打探和咀嚼世间百态，绘制出时代最丰富最精彩的精神地图。只有处理好了地域性与超地域性的悖论张力关系，将二者完整地统一在一起，我们的诗歌创作才能获得最佳的表达效果和更高的艺术价值。

二

当我们从地域性与超地域性相反相成的诗学辩证观来审视湛江地区诗人的艺术创作时，既能将他们独有的艺术特长加以准确揭示，也能为地方诗人突破区域性限制，在更广大的审美空间进行有效的创作提升提供有益的借鉴与启示。地处中国大陆最南端的广东省湛江市是物华天宝、人杰地灵之所在。这里不仅历史悠久、物产丰富、人民富足，还活跃着一批非常出色的诗人。这些诗人都能立足于对特定地域的直观感知，写出独具个性的生命体验，还能超越地域的某些局限，摆脱狭窄的生活视野，以诗歌的形式表达对宇宙人生的深层观照。这些诗人有洪三泰、李舟、海湛、莫拉夫、马莉、骆浩文、黄育斌、钟明、温斌、梁永利、戚伟明、吴震寰、方良聘、符骐驿、梁雷鸣、陈宝梁、黄钺、符马活、刘汉通、黄礼孩、刘卫等，其中部分诗人在广东省乃至全国都是很有影响力的，他们创作的一些优秀篇章被传诵甚广，颇受好评。

地域性是湛江籍诗人呈现自身所具有的艺术优势最为显著的标记。从南方地理构造层面上说，湛江偏居大陆最南端，临海而立，这在某种程度上养就了诗人的边缘意识和本真情怀。边缘化是湛江籍诗人的一种基本的地理认同，因为身处边缘，无法面对极为广大的世界，也就不具备对世间万象频繁接触和反复感受的机会与场域。边缘化生存的地理学认同将诗人的思维牵引到对身边细小事物的异常关注上，对平常人生存境遇的仔细咀嚼和回思之中。黄礼孩写道："我珍藏细小的事物/它们温暖，呆在日常的生活里/从不引人注目，像星星悄无声息/当我的触摸，变得如此琐碎/仿佛聆听一首首古老的歌谣/并不完整，但它们已让我无所适从/就像一粒盐侵入了大海/一块石头攻占了山丘/还有那些叫不出名字的小动物/是我尚未认识的朋友/它们生活在一个被遗忘的小世界/我想赞美它们，我准备着/在这里向它们靠近/删去了一些高大的词"（《细小的事物》），这种关心小生灵的心怀和眼光意味着诗人有意识地贴近生活的地面，向某种虚浮的人生道别的内在动机。这是基于边缘性生存理解而发出的一种诚实平和的心音。刘卫在《背孩子的母亲》一诗中写道："背带是脏的/背带绳是脏的/衣服是脏的/但你牵扯背带绳的动作是干净的/但你扭过脸去/看背带里的孩子的眼神是干净的"，贫贱的母亲也有高贵的母爱，卑微的生活丝毫没有削弱一位母亲对孩子的照顾与关切。概括来说，诗人们由边缘化地理意识而带来的边缘性抒情或许会存在视野狭小、境界不开阔的弊病，但它那质朴、真纯、感人的风骨与气象却是极为本真和可贵的。

湛江东濒南海，西靠北部湾，蓝天碧海频频扑入诗人眼帘。海洋的狂涛巨浪带给诗人们无限的遐思，海洋纷纭的事情和物象给了湛江籍诗人取之不尽用之不竭的题材和意象，以及表达不尽的主旨和韵味。如果说陆地是安静的，有士大夫一样的闲情逸致，更适宜呈现古典情怀的话，那么相比之下，海洋则是动荡的，海洋的动荡与现代人情绪的激烈和心理的动荡具有同构关系，因此，海洋更适宜凸显现代性精神内涵。湛江籍诗人中有不少是钟情于海洋，以海洋来表现生活之爱与命运之思的，其诗歌具有强烈的现实印痕和现代气质。海湛笔下的“船”与“月”因海而生动：“海静/月动/因为有船//月色茫茫/是航海的路/岸在前方/浪也在前方//拥有一海乡情/船永远是港/泊月缺月明”（《船与月》）。骆浩文这样来描写与风浪搏斗的“水手”：“像荷锄暮归的老农/水手耕耘着大海的波涛/没有自己的家园/水手的收成/是一舱的风险和夕阳//在每一个港湾/水手的牵挂是爱人的祈祷/没有风帆的日子/水手航行的归桅灯/是已逝的经历//水手从没有自己的家园/只有蓝色的梦寐和惆怅”（《水手》）。没有家园的水手，他的生命进程充满了惊奇与刺激，当然也有风险与不测，诗人用“蓝色的梦寐和惆怅”来概述水手的人生经验，显然是恰到好处的。在湛江诗人中，梁永利和梁雷鸣应该是海洋诗书写得最典型的两位。梁永利的大部分诗歌都以表现海洋的情形和渔民的生活为基本内容。如他写五月的南海：“五月的南海曝光我的相片/沙滩上一只海鸟飞过女人的腿/不会出声　我看见的蓝真软/在角落里一些情节/从翅膀下消失/我习惯的事物　比如海杉为什么沉默/船抛锚了　成为远景/一个人走过城市经常被海浪镶上白边”（《五月》），写出了一种耐人寻味的“情节”；他想象海洋的未来：“海　空了　不是现在/现在不是大江水流东吗/空了　不是过去/过去不是舵手在航行吗/海　空了　只在未来/因为人造的海是鲜的，比如海鲜/别怕——这是一句广告词”，字里行间无不流溢出对海洋前景的担忧和愁思。梁雷鸣的《北部湾落日》也写得生意盎然：“面对落日，我从来不会担心它会带走什么//我静静地倾听。金色的海鸥飞过了桅杆/在潮落与潮涨之间/海，屏住了呼吸/红树林早已浮出水面/触目都是如此安静//在这黄金时代/世界如我一样/倾听：日头落水的声音”，诗歌中那种触手可及的神秘力量给人富有魅惑的想象和回味。

红土文化也是湛江地区极具地方特色的精神品牌。贯穿湛江所在的雷州半岛南北的是一片厚实的红土，半岛三面临海，东西两侧和南端是湛蓝色的海域。湛江市的文艺作品大多以此为背景而展开。湛江的土地因为“充血”而更富有情致，红土是血性十足的土地构造，红土地养育的儿女更有壮志和激情。自然，红土地也适宜热带植物的生长，这里遍布着生机郁郁的南方植物，“红豆生南国，春来发几枝。愿君多采撷，此物最相思”。其实不只红豆，几乎所有的南方植物都有着别具意味的情采和内涵，这就为诗人提供了宝贵的创作素材。洪三泰的名作《绿的·白的——给老场长》从几种独特的南方植物中抽绎出一种人生境界：“你献给山峦的胶林是绿的，/你献给平原的剑麻是绿的，/你献给荒地的蔗园也是绿的，/你的鬓发怎么是白的？//胶乳是白的，/剑麻的纤维是白的，/白糖和纸也是白的，/我的鬓发也该是白的。”诗歌以“绿”与“白”两种颜色来描述南国植物，以一问一答的结构方式从侧面写出了老场长乐于奉献的可贵品质，红土上的植物和人心意相通，共同奏响一曲美的心灵旋律。此外，李舟的《温柔的椰子》《啼叫的油棕》等也是烛照南方植物独特个性的代表作品。

坚守地域性诗学为湛江籍诗人的诗意世界建构提供了坚实的物质地基和充足的艺术材料，也使他们的诗歌在一定程度上体现出某种独特的品质。不过，如果固守在地域性的营垒上，不作进一步的开拓与深化，诗歌创作灵感就可能会因视野拘束而日渐萎缩，最后出现大量无意义的复制品。这样，从地域性向超地域性的过渡就成了湛江诗人自我救赎、诗艺突进的重要路向。

三

如前所述，地域性与超地域性是新诗创作中的一对矛盾统一体，如果说地域性是诗人的根据地，那么超地域性则为诗人诗艺的继续升腾提供了充分的保障以及更阔大的空间和地带。一个诗人首先应该有自己产品生产与制造的根据地，其次还应该大胆突破这个根据地，向更广袤的领地侵略和扩张。特定的地域性使湛江诗人的艺术作品显露出与众不同的审美品位，而超地域性则使其中一部分诗人走出了狭小的生命空间，书写出更具普泛意义的人世阅历与生命体验，从而在中国当代诗歌界获得了广泛的认可和赞誉。

超地域性题材的捕获是诗人走出地域性局限的第一站。由于对生长地域的耳熟能详，地域性题材较为突出地占据了诗人的心灵空间，所以诗人一旦提笔作诗，这些题材便如积雨云一样蜂拥而来。对诗人来说，地域性题材的丰富占有既是好事又是坏事，好的一面在于，诗人总有可以表达的内容；而不好的一面是，诗人太熟悉这些生活事物，这在客观上阻碍了诗人对新奇诗意的提炼和发掘。在这个意义上，超地域性题材的攫取更有利于诗人从“陌生化”的生命体验中发现富于惊奇效果的诗之美。湛江诗人温斌对云南和西藏等地方风情的描画就可以看作寻找和发现超地域性题材的成功典范。如他写对一位藏族小姑娘的美好记忆：“高原反应时，我/头痛欲裂/是卓玛的眼神/给了我呼吸/足够的氧//告别卓玛/回到我的城市里/是卓玛的眼神/点燃了所有的星星和月亮/使我再度出现/失眠的症状”（《卓玛的眼神》）。又如他以香格里拉来反映云南丽江的神奇风貌：“风吟唱在经幡上/飘动的辞语/玛尼堆静寂地刻写着/俗世深厚的希冀/望着洁白的牦牛头骨/天国近在咫尺/让我神圣地屏住呼吸/听转动的经轮/背诵着朝觐者的心迹//当屏住呼吸抬头的瞬间/七彩祥云展现灿烂的笑容/这样一个偶然的奇遇，我猜/是不是神灵的主意/让我看到一个更真实的你”（《走近香格里拉》）。这些诗歌都呈现了南国难以睹见的风土和人情，体现了诗人的超地域创作意识和表达能力。

意象是诗歌创作最基本的审美元素，在诗歌表达中，突破地域性拘宥最有效的途径就是对超地域的审美意象的捕捉与采撷。马莉的诗集《金色十四行》是诗歌创作的超地域书写较为成功的优秀文本。诗人的眼界再也不为一时一地的存在场域所限制，而是心游万仞，俯观仰察，在微观与宏观、外在与心灵之间自由穿梭，一切可以用来表情达意的意象都被诗人移用于诗中，从而收到了比较显著的美学效果。如《风暴咀嚼着我们的内心》一诗："夏天的雨水，诱人的鼻翼/不能让眼睛偷窥的通往上帝的冰川/装满做人的道理/装满诗歌和预言的秘密通道/也装满爱情的气息/也装满不能改变的命运/季节正在生病，我正在生病/每天的勇气来自于没有勇气/再次阅读它，理解今天的人们/理解并且热爱，这个苦难世界/我呼吸着你，无人能够逃避的事实/尽管风暴咀嚼着内心/不能改变我坐在椅子上的姿态/和此生惊异的面容"，围绕"风暴"这一主体意象，诗人又物色了"夏雨""冰川""疾病"等若干分支意象来交代某种特殊生存环境下的心灵体验。作为自然的"暴雨"，我们在湛江地区是屡见不鲜的，但马莉诗歌中的"暴雨"显然更多是隐喻层面的，指人生的"暴雨"，这就使这一意象在地域性的前提下多了超地域性的意义。这也提示我们，超地域性或许还存有地域性的影子，但必须摆脱地域性的唯一性指向，向更宽阔的意义领域和精神高地攀升。在大量撷取超地域意象来进行诗歌创作的湛江诗人中，吴震寰、黄礼孩、符马活、温斌、刘汉通等也是做得相当出色的。

对自然与世界的哲学透视，从平常事物中看出不平常的真谛，这是诗歌体现超地域性的最为重要的审美表现。哲学在一定意义上是对整个世界的基本假定和系统诠释，哲学在映照世间万物时所显现出的深透性和尖锐性是其他思维形式难以匹敌的。哲学需要智慧、心劲和特异功能。以诗歌的形式来传递某种哲理性思考，凸显着诗人以理性代替经验、用雕石取缔水波的审美价值取向。不能否认，地域性中也有哲学因子，但地域常常局限着这些哲思的普适效力，因此只有在超地域中那种哲学的理路才能被彻底照亮。吴震寰的诗歌《真相》开首即云："不可被任何陈述引入歧途/真正的隐喻/从黑暗的侧面得到启示/放弃中得知真谛"，在佛性智慧中展开对生命的沉思。该诗最后写道："受巫术的诱惑暴露愈加明显了/有任何呼唤会把我们的面孔重新点燃/有什么可以表达我们的缄默和痛苦/抽泣不会使我们的爱情衰减/我们将做的/我们能做的/我们将歌唱/为人世的破烂衣衫歌唱/为梦中的鲜花歌唱/然后我们躺下来，躺着活/像神一样宁静”，由哲理的思辨向宗教境界迁移和升华，体现着一种对世界终极意义的追寻和把握。刘汉通的长诗《暗箱》如藏满思想珠玉的宝匣，多侧面多角度地展现了诗人对许多生命细节的存在主义观照。比如“尘埃粘附在四周，与时间对视的/是一本被风翻动的书，插图出现/或者消失，取决于阅读本身——/阅读是主观与客观的互相取消”，将人与世界和时间的对视看成阅读与被阅读的意义关系，给人类活动提供了阐释学向度上的注解。

地域性保证了湛江诗人艺术作品的地方特色和美学独特性，而超地域性提供给他们更宽阔的表达领地和更深沉的社会历史厚度，二者相互辅佐，共同绘制出湛江当代诗歌令人瞩目的艺术版图。

目　录

雷州半岛上的诗意抒怀

——谈洪三泰的两首诗

洪三泰是从湛江遂溪走出来的优秀作家，在小说、诗歌和散文创作上都取得了突出的艺术成就，在中国文坛享有很高的声誉。他的诗歌立足于雷州半岛，通过对半岛上特定的物象和人文景观的细致观察和真切描述，将自我对家乡炽烈而浓郁的爱鲜明地彰显出来。《绿的·白的——给老场长》《北部湾落日》这两首诗都是从一个独特的视角出发来展现雷州半岛迷人的自然风光和人文情怀，给人带来不尽的美的愉悦和心灵的洗礼。

《绿的·白的——给老场长》构思极为精巧，诗人采用对话的形式，通过两种颜色的对比，在一问一答之中将老场长坚守岗位、无私奉献的高尚人格展示出来，以此寄予诗人对热心于国家建设的平凡劳动者的讴歌之情。诗歌的第一节属于“问”的部分，在这一节里，诗人首先铺叙了几种“绿色”的植物：胶林是绿的、剑麻是绿的、蔗园是绿的，这三句铺排在一起，为第四句的发问蓄足了势能，当诗人在第四句写出“你的鬓发怎么是白的”时，我们才恍然觉识到，原来诗歌铺写了满眼的葱绿，是为了引出对老场长在平凡的岗位上默默耕耘、辛勤劳作几十年这一情形的咏赞。橡胶树、剑麻、甘蔗都是半岛上常见的热带植物，由此可以揣摩到老场长工作的地点。第二节是老场长的回答，通过各种白色事物的平列和比照，将老场长高洁的内心世界敞现出来。在老场长看来，既然所有绿色植物奉献给人类的物质成品都是“白色”的，他自己的头发斑白又有什么稀奇呢？

《北部湾落日》的抒情视点也很有特色，诗人聚焦太阳在北部湾落下的精彩一瞬，描绘了这一自然景观的壮丽画卷，也艺术地揭示了这一自然景观中蕴藏的深沉哲理。诗歌起句就不同寻常，“落日/其实是诞生”，在一种富有辩证法的艺术审视中，“北部湾落日”在我们眼前惊艳亮相，它“在北部湾血火中临盆”，从而诞生了“半球的黎明”，想象奇特，立意高远，令人拍案叫绝。第二节来了一个特写镜头，通过对落日映照下海水殷红鲜艳情态的描写，渲染出隆重而热烈的海洋气氛，在落日的辉映下，大海在“燃烧”“滚沸”，犹如“最热烈最辉煌的祝福”，献给半岛的黎明。最后一节描画的是“落日入海图”。诗人写道：“天海焊接的滑梯/滑下了入浴的太阳”，想象妙美，自然而生动。而收尾两句，“沉落，本是升腾/光明，不会在黑暗中消亡”，借落日入海的景物描写，折射出对宇宙人生存在奥义的独到领悟，其深刻的哲理给人带来心灵的启迪和生命境界的升华。这样的诗意书写，不愧为大家手笔。

绿的·白的（外一首）

——给老场长

洪三泰

你献给山峦的胶林是绿的，
你献给平原的剑麻是绿的，
你献给荒地的蔗园也是绿的，
你的鬓发怎么是白的？

胶乳是白的，
剑麻的纤维是白的，
白糖和纸也是白的，
我的鬓发也该是白的。

北部湾落日

落日
其实是诞生
在北部湾血火中临盆
诞生的
是那个半球的黎明

所有的海水都燃烧着
所有的海水都滚沸着
最热烈最辉煌的祝福
献给这美丽的生命

天海焊接的滑梯
滑下了入浴的太阳
啊，永远的呱呱坠海
沉落，本是升腾
光明，不会在黑暗中消亡

蓝天碧水孕育的诗情

——读梁永利组诗《海边情思》

海洋是大自然馈赠给湛江人的重要财富，傍海而居的湛江儿女，生命中都注入了蓝天碧水赋予他们的与众不同的情感和心思。从小生长在海边，熟悉海、喜爱海的诗人梁永利，一直在用如椽的诗笔描画海的曼妙和幽美，讲述了有关海和海边人家的动人故事。组诗《海边情思》是他新近创作的，也是以大海为诗情阐发的聚焦点，用分行的文字记录了蓝天碧水滋养的湛江儿女真挚的情感和细敏的心思。

《夜色下的童话》将海边稀松平常的事物，诸如海水、土罐、沙滩、海波等，涂抹上诗意的色彩，从而组构成充满梦幻感的童话世界。在这个童话世界里，咸涩的海水已然变得甜津，并从土罐之中流入妩媚的夜色里。美丽的海边胜景使“我”如痴如醉，使“我”心潮起伏，就仿佛“一百缕光芒　穿过心房”，温暖的话语、澎湃的激情正在心间不停涌动。沙滩也是可亲可敬的，仿佛是“老祖母的手掌”，“经常用海波掴我”，在拟人化的诗句里，那种与沙滩海浪情同家人的亲昵感扑面而来。最后一节仅两句，“我静静地躺着/土罐没有了海水”，看似平淡，但不乏余味和弦外之音。尽管这是对海潮退去后大海景致的直观描绘，然而，“土罐”这一意象的再次出场别有深意，它褪去了海水的装饰而显露本真的自我，因而超越自然的场景并显示出某种历史和文化的底蕴。诗歌从描写“童话”世界开始，到进入现实世界终结，在虚实结合的艺术描摹中呈现了海的灵秀与神韵。

与《夜色下的童话》中抒情多于叙事不同，《渔女出嫁》一诗中明显增强了叙事的因素。“渔女要离开八百里海域/嫁到看不到椰树的地方”，这是故事的起端。为了营造出渔家女非同寻常的婚嫁故事，诗人拟设了她将离开“八百里海域”，离开她异常熟悉和喜爱的海洋世界，离开从小听惯的海浪、看惯的船帆、吹惯的海风，而远嫁内陆，这个情景的设置为后面写出渔家人的丰富情感和邻里亲情提供了很好的契机。要离开大海，离开父母，嫁往他乡，渔家女依依难舍，她“悄悄地修好一个椰子壳”，希望将大海的硬朗带到身边；她也“偷了你父亲一对鱼翅”，为的是“教她的男人在梦海中翱翔”；她还不忘在临行前“织了一张密密的渔网”，为自己的父母打鱼分忧。可以看出，这位被海洋文化所教养的女子不仅有大海般的爽朗和豪气，还有女儿家不可缺少的细腻和用心。儿行千里母担忧，女儿要出嫁了，做父母的当然舍不得，母亲在船边走来走去，心事重重，因为她“不知海那边的爱情是啥样”，父亲如鲠在喉，万千话语不知从何说起，只好选择了沉默。渔家人相处和睦，彼此亲近，所以渔家女出嫁时，“村子里的渔船都为她送路”，这幕情景是异常感人的。诗的最后两句：“上岸的时候/高高的椰子树断了枝桠”，以树枝折断的细节折射出即将出嫁的渔家女和海上人家彼此间难分难舍的情怀，此情此景令人难忘。

蓝天碧水，椰风蕉雨，湛江的风景是美丽的，湛江的人情是温馨的。海边有诗情，海边有故事，海边更有文化。从梁永利的组诗《海边情思》中，我们似乎已经触摸到湛江海跳动的诗之脉搏。据悉，湛江于 2013 年举办了“海洋诗歌节”，这无疑是激发湛江人的海洋诗情，弘扬湛江海洋文化的重大举措，希望有更多的诗人像梁永利这样关注海洋文化，书写海洋之诗。

海边情思（二首）

梁永利

夜色下的童话

我的童话一直苏醒
海水变甜　从土罐
流入夜色　海豆芽大片发霉
天空与我的头持平
一百缕光芒　穿过心房
在向阳花的海边
躺下来　我静静地躺下来

沙滩是老祖母的手掌
她经常用海波掴我
黑色　这夜光中的伤痛
为她留下　一座枯泉

我静静地躺着
土罐没有了海水

渔女出嫁

渔女要离开八百里海域
嫁到看不到椰树的地方

渔女悄悄地修好一个椰子壳
带走海边坚硬的东西
她还偷了你父亲一对鱼翅
教她的男人在梦海中翱翔

渔女要出嫁了
海潮涨到了网边
母亲走到父亲的船舱里
她不知海那边的爱情是啥样

渔女织了一张密密的渔网
她想在岸上打鱼
岸上的阳光如水　一些饵料
仿佛鱼骨鲠住了父亲的喉咙

渔女要出嫁了
村子里的渔船都为她送路
鱼鳞和海腥给她化妆了
上岸的时候
高高的椰子树断了枝桠

艺术的灵感来自那片海

——读梁雷鸣组诗《海风继续吹》

大海给了湛江人无穷无尽的资源，这资源不只是物质的，更是精神的。如果说大海给予湛江人的物质资源是显性的，一般人都能清楚地看到的话，那么大海馈赠给湛江人的精神资源则是隐性的，需要用明澈的心灵才能洞察，需要用智慧的双眸才能看清。活跃在雷州半岛上的诗人们也许正是一群善于用心灵来感悟大海、用灵性的眸子来审视蓝天碧水的内涵丰富的人，也就是能真正懂得大海带给湛江人无限的精神财富的一群人。来自雷州半岛的诗人梁雷鸣是这群人中的一员，他的诗歌总是体现着对大海的注目、沉吟与凝思，甚至可以说，他进行诗歌创作的艺术灵感都源自那片海，都是大海所喂养与哺育的。

在组诗《海风继续吹》里，梁雷鸣以海洋为诗情散发点，对星空、月夜、海风等事物进行了艺术烛照和审美演绎。《星空》起笔不凡，“陌生人，如果你的星空用旧了/赶快到斜阳岛更新/让海风吹去旧星空的烟尘/让斜阳岛的夜空这巨大的磨刀石/磨亮你北斗星的银勺子，天狼星的大眼睛/让你的仙女座清纯如初，巨蟹座生猛依然”，虽然诗中的“斜阳岛”并不一定是雷州半岛，但一定有着诗人熟悉和喜爱的故乡雷州半岛的影子，于是，诗人在对斜阳岛的艺术想象中渗透着自己对故园、对大海的深情厚谊。海的辽阔孕育了星空的高远，这或许是诗人站在大海的视点上所获得的生命启示，诗人最后自信地说，在斜阳岛上刷新的星空会带给你“钻石般的光芒”，这光芒虽“无法照亮你的远大前程”，“却会点燃你内心深处那盏/小小的灯”，使你在失意时崛起，在消沉中振兴，在迷惘时重新找到生命的航向。

《海风继续吹》一诗写出了在海风吹拂下独特的气象世界和人文景观。在这首诗中，“帆的刀把风削得更加锋利”，海风“把蓝色的寂寞吹成白色的寂寞”，海鸥是大海“无法收回的灵魂”等造语都非常精致，也颇富诗意。海风一路吹来，将平静的世界变成不平静的世界，将海边的事物吹成别有情味的风景，也将海边人家的生活吹得更有滋味。这首诗将海边的世界放在一个特定的语境下来描画，揭示了湛江这片海域神秘而诱人的一面。诗歌的结构和神韵与赵丽华的名作《大雨倾盆而下》有异曲同工之妙。

相比而言，《夜凉似水》一诗的海洋文化背景较为淡些，不过，从一些诗歌意象中，我们还是可以发现它与大海之间的隐秘联系。诗人对月夜的感觉是异常敏锐的，“一只鸟的叫声从月光之上漏下来/像来历不明的暗器”，月夜中的鸟鸣被诗人形容为“来历不明的暗器”，那种空灵和悠远感呼之欲出。而最后一节，“月华如霜，夜凉似水/天空除了月色，还是月色/一只鸟的叫声/让我看清了夜空的高远”，这种对夜空高远感的写照似乎可以说正是一个常在海边领略世界的诗人对于夜空的某种独特理解与感受。

海风继续吹（组诗）

梁雷鸣

星　空

陌生人，如果你的星空用旧了
赶快到斜阳岛更新
让海风吹去旧星空的烟尘

让斜阳岛的夜空这巨大的磨刀石
磨亮你北斗星的银勺子，天狼星的大眼睛
让你的仙女座清纯如初，巨蟹座生猛依然
也为那些，因为生活丢了光芒的微星
重新安装上小小的锋芒
不能老让它们像豆油将尽的灯盏
随时被风吹灭

在这星星的集中营
也许你还能找回你失踪多年的那颗
让它重回自己的位置

陌生人，你刷新的星空
扩大了内存，变成高清
但这些钻石般的光芒
无法照亮你的远大前程
却会点燃你内心深处那盏
小小的灯

夜凉似水

一只鸟的叫声从月光之上漏下来
像来历不明的暗器

我不知道，这叫声的主人
是一只大雁，一只天鹅，还是一只野鸭
但我相信，它连夜赶路
心里一定装着紧要的事情

我也不知道，它一声深一声浅的叫声
是在呼唤同伴，还是用来
温暖自己

月华如霜，夜凉似水
天空除了月色，还是月色
一只鸟的叫声
让我看清了夜空的高远

海风继续吹

风从海上来
帆的刀把风削得更加锋利
海风吹着海，把蓝色的寂寞吹成白色的寂寞
海风吹到岸上，顺便把一个赶海的人吹回了家
而海鸥，是他无法收回的灵魂
海风继续吹，把他院子里晾晒的渔网，吹成了生活的旗帜
海风已把一个少年吹成了中年人，还在吹
海风吹高处，也吹低处
海风吹着村子后面的沙丘
却无法把沙丘里的人吹醒
海风只好一阵一阵地吹着沙丘上的芒草

海风继续吹，一点也没有停下来的意思
仿佛海风一停下来，整个世界也跟着停下来
海风呵，你要吹什么就吹什么吧
吹过村子后面的工业园
你就不是海风了

历史、文化与现实
——读詹绍姬的两首诗

“80后”女诗人詹绍姬曾在云南大学攻读硕士研究生，其间跟随“第三代诗人”中的代表人物于坚、李森等学习诗歌创作，写出了一些不错的作品。她的诗歌没有一般女性诗人的柔婉之美，倒显出了少有的阳刚之气，并能在历史、文化与现实的三维空间寻找诗情寄发的突破口，写出了自我对世界的独特思考。《荷说》和《方块字》这两首诗就鲜明地体现了她在历史、文化与现实的对话中，着力表达对宇宙人生的某种不同寻常的体认，给人带来不少启迪与感动。

荷花是水中仙子，是历朝历代文人咏之不尽的美好意象，诗人以“大唐梵音结了一枝骨朵”为起句，将读者的视线拉入遥远的历史之中。对中国文化的感悟离不开对唐诗宋词的沉吟，在唐诗宋词里，世间多少美丽的风物都被典雅的诗章文句所描摹，荷花自然也是其中少不了的吟咏对象。李白的《子夜四时歌》里，有“秦地罗敷女，采桑绿水边”“镜湖三百里，菡萏发荷花”等诗句。李商隐的《无题·重帏深下莫愁堂》也写道：“风波不信菱枝弱，月露谁教桂叶香。”白居易的《东林寺白莲》通篇咏莲，其中有“东林北塘水，湛湛见底清。中生白芙蓉，菡萏三百茎”的曼妙诗行。到了宋代，杨万里咏荷的诗歌可谓一绝，无论是“小荷才露尖尖角，早有蜻蜓立上头”，还是“接天莲叶无穷碧，映日荷花别样红”，都是传诵久远的佳句。宋代的周敦颐写下的《爱莲说》，通过对莲花“出淤泥而不染，濯清涟而不妖”的美好品质的描述，表达了对高洁之士的颂赞，让人们过目成诵。到了现代，朱自清的《荷塘月色》以夜月与荷塘的相互映照表达作家内心的某种情怀，将荷花的艺术形象用现代汉语的形式重新加以阐发。

在詹绍姬《荷说》一诗的第一节后半段和第二节，诗人写到了荷花在宋朝和现代被文人加以艺术演绎的情形，继续带领读者在历史和文化的芳草地浏览，最后一节以“我只从满池的荷香，一湖的碧叶里/读到了盛夏的火热与激情”作结，写出了诗人面对荷花的现实感受，同时与上述的历史和文化形成呼应和对话关系。

《方块字》一诗与《荷说》在思维方式上几乎同出一辙，也是先从历史和文化写起。方块字是中国人通过认识世界、领悟世界而发明的一种文字形式，这种文字形式一旦出场，必将随着中国历史的不断发展而积淀其历史和文化的内涵，诗人说方块字里暗藏着“开天辟地　破釜沉舟　精忠报国/替父充军　绿肥红瘦　举案齐眉”，正是借助神话传说和历史典故，对汉字已经历史化和文化化进行的某种形象阐释。一个民族的历史总是纷繁而复杂的，一个民族的语言总是将这种纷繁与复杂作了生动的传达，因此诗人说：“部族的血脉沉重而轻盈/轻盈如权杖上五彩的翎羽抖动/沉重若一个世纪的壮志雄心”，透露的正是这种历史纷繁复杂的人文信息。在诗歌的结尾处，诗人以“在方块字的棱角里/一笔一划，都讲述着民族的性格”表达了自我对汉字具有历史和文化内涵，同时又在现代社会中不断折射出来的独特理解。

方块字（外一首）

詹绍姬

打翻一本发黄的线装书
一地光阴　流淌

横竖撇捺
东方黑白的玄机
暗藏
开天辟地　破釜沉舟　精忠报国
替父充军　绿肥红瘦　举案齐眉

我血管的清水
你肉身的黄土
调和成女娲氏捏就的灵魂
盖上炎黄的印戳
在象形的彩旗下，我们奔走天涯
海裹着山，路摊开手掌的纹
指尖的漩涡隐藏着暗码
那是命数的私语，密密麻麻

深镌在骨头里的符
总会在有月的夜隐隐作痛
部族的血脉沉重而轻盈
轻盈如权杖上五彩的翎羽抖动
沉重若一个世纪的壮志雄心
在方块字的棱角里
一笔一划，都讲述着民族的性格

荷　说

从前
大唐梵音结了一枝骨朵
在长满青苔的码头登舟　顺水而下
在宋朝的水面

一个叫周敦颐的人　把你打捞
然后无数银白色的鱼
用嘴清洁辞藻

后来
连同田田的叶上滚动的月色
盛开在
朱自清失眠的晚上
暗香如梵婀玲上的旋律
又如铜鼓
擂响在暗夜的心脏

再后来
我看到了你，以一棵植物的名义
亭亭于岁月中
那些历史的传闻
模糊成碎片，如古怪的甲骨文
我无法破译
我只从满池的荷香，一湖的碧叶里
读到了盛夏的火热与激情

诗歌的和善之美
——读黄礼孩的几首诗

黄礼孩的家乡徐闻，是一片有着深厚的宗教文化基础和浓郁的乡风民俗的迷人土地。在宗教文化的熏染和乡风民俗的滋润下，黄礼孩的心灵深处永驻着亲和向善的情感因子。这种情感因子的存在使他的诗歌充满了温热和可人的艺术力量，也散发着熠熠生辉的和善之美的感人之光。在《与泥土交谈》等这五首诗里，我们能触摸到诗人那令人心暖的情绪脉搏，也能挖掘到诗歌向善求和的价值取向。

黄礼孩诗歌中的和善之美，首先体现在诗人以友善的目光打量世间的一切，向生活中的芸芸众生都投以温馨友爱的倾注。当诗人以这种友善的目光打量世界时，他觉察到，“咖啡飘出香味”，“低矮的橄榄树，还保持着凌晨以来的潮气”（《一些事物被重新安排》）；他领悟到，“闪光的歌声倾出它们的秘密”（《胡杨》），“与泥土交谈/每一道深渊上面，都铺上彩虹”（《与泥土交谈》）；他也意识到，“鹅毛雪花里有飞过的云彩”，“喀纳斯，你却是今夜的新娘/命运通过你的手/把月亮放在床上，把星星搁在窗外的树上”（《喀纳斯的新娘》）。世界的色彩和意义是人类所赋予的，当我们以友善的目光凝视这个世界时，世界所展现出的情貌也一定是充满友善和亮丽的。

黄礼孩诗歌中的和善之美也体现在那种万物有灵、各具其善的宗教理念和宗教情怀上。你看《胡杨》这首诗，诗人借助对沙漠中一种耐寒、耐旱树种的近距离烛照，既对这种生命力顽强的植物作了由衷礼赞，又对其他事物进行了讴歌，诗人写道，“星星的窟窿也会填满蓝色的海水”，“一朵花也有它递给天空的骨头”，某种敬畏生命的宗教虔诚渗透在字里行间；而诗的最后，“如果一棵树里藏着自然永无止境的通道/那么从那里出发，穿越没有河岸的沙漠/再枯萎的年轮，也会唱出春天的颂歌”，对胡杨凌寒屹立、经旱不枯的生长情态的诗意描画，也将那种万物有灵、各具其善的宗教理念折射了出来。

黄礼孩诗歌中的和善之美还体现在那种不疾不徐、舒缓自如的抒情节奏上。阅读黄礼孩的诗歌，我们不难发现，每首诗的抒情格调都显得和缓平静，没有大起大落的跌宕抒怀，也很少有排比与铺陈的句式运用，在那种和缓有度、平静若水的抒情格调中，我们得以从容领受字句中蕴藏的思想情感，被诗人善待世界、兼爱万物的心怀所打动。我们不仅会被茫茫雪原这“白色的灯盏”所照亮，也会为“喀纳斯的新娘”那仪态万方的美貌所打动；我们不仅跟随诗人一起“听见煤层秘密的合唱”，也在事物的“重新安排”里懂得了“世界潜藏在细微的变化里”的道理。可以说，黄礼孩诗歌不疾不徐、舒缓自如的抒情节奏，与他追求平和友善的生命理想构成了一种自然而协调的艺术关系，内容和形式达到了某种统一。

与泥土交谈（外四首）

黄礼孩

它的来龙，它的去脉
都裸露伤口，命运曾把刀斧的力量带给森林
在那不可放弃的顶端
日渐陡峭的日子，我听见煤层秘密的合唱
等待风雨之后，回到低处，与泥土交谈
每一道深渊上面，都铺上彩虹

胡 杨

秋日，闪光的歌声倾出它们的秘密
绝望事物的耳朵被重新召唤
星星的窟窿也会填满蓝色的海水
一朵花也有它递给天空的骨头
如果一棵树里藏着自然永无止境的通道
那么从那里出发，穿越没有河岸的沙漠
再枯萎的年轮，也会唱出春天的颂歌

一些事物被重新安排

世界潜藏在细微的变化里
早上咖啡飘出香味，如从巢房里射出霞光
窗外低矮的橄榄树，还保持着凌晨以来的潮气
细碎的脚步声把听觉带到远处
而出海归来的渔人，他坐在院子里
看一只在树上寻找食物的小鸟。他写信回国
在自己的梦里。海洋遗忘，冰山坍塌
就在此时，神所珍爱的事物，被重新安排

白色的灯盏

白色之上，还有白
栏栅上雪的线条悬在草原
蜿蜒如沿途的树林
而你爱着，此刻，便默默凝望
喀纳斯，白色的灯盏

它不为谁照亮，就像花朵从不为谁开放

牛马成群，抬头看远山
低头寻干草，满眼都是云朵的味道
在大自然寂寞的手稿上
喀纳斯，白色的灯盏
尚未照见九月的黑莓子

喀纳斯的新娘

鹅毛雪花里有飞过的云彩
湖水慢慢弥漫出冬日的白烟
那是一对新人，在去年腊月
一个孩子眼中的场景
喀纳斯，你却是今夜的新娘
命运通过你的手
把月亮放在床上，把星星搁在窗外的树上
蓝色的花粉对着紫色花芯
小木屋的柴火明亮
欢乐的果酱迎向蓝色的山巅

大陆最南端的诗情画意

——读李舟组诗《爱在南方》

李舟出生于海南岛，但长居在湛江市徐闻县，可以说是生活在祖国大陆最南端的一位诗人，1990 年曾进入鲁迅文学院进修班学习，1999 年参加诗刊社主办的第 15 届青春诗会。在《爱在南方》这组诗里，诗人抓住南方的特定植物和特定生活情境来写照，用分行的文字展现了祖国大陆最南端的诗情画意。

《回忆油棕》以“油棕”这一典型的热带植物为诗情抒发的起点，通过描述自我对油棕的美好印象来表达对故土的爱恋和对青春岁月的缅怀。在诗人心目中，“油棕是热带雨林的音符”，油棕那种可爱的形象由此跃然纸上，诗人“拨开山鸡巢边的草叶”，还能“听见油棕果的心跳”，这种奇妙的感觉源自对这家乡植物的由衷热爱。在诗歌的第二节，诗人写道：“在开垦的火红年代/时间闪烁银辉/青绿满枝的年轮　悄然裸现”，这不只是对油棕充满生机的生命情态的形象描摹，而且是对抒情主体曾经的葱郁青春的诗化写照。

《春天的菠萝童谣》通篇采用拟人的修辞手法，写出了红土地上生长的菠萝的迷人风姿。诗人开篇写道：“沐浴一点一滴的椰风蕉雨/菠萝的眼泪打湿白色的荔枝花”，精妙地呈现了菠萝在椰风蕉雨的哺育之下生养得楚楚动人的情态。菠萝芳香四溢，使得青蛙、蟋蟀、蘑菇的声音里都饱含着“菠萝汁”，这样的联想既是自然的，又是奇特的。诗歌的最后两行，“孩子白齿轻咬黄菠萝的童谣/便一滴滴流入山羊的鸣叫里”，是全诗的点题之处，借童趣彰显了乡村的生机和胜景。

徐闻县既然处于祖国大陆最南端，肯定是倚靠着大海的，李舟的《捞海藻的渔家女》就写到了他熟悉的海上人家的独特生活。在这首诗里，诗人展开想象的翅膀，从不同的角度对渔家女的劳动场景与生存情状进行描画。首节将捞海藻的渔家女比喻成"绚丽的海蝴蝶"，写出了渔家女妩媚、亮丽的青春风采。次节又以"海边椰林的女儿"来描述渔家女，暗示了这些女孩身体修长、仪态大方的生命特征，"椰花洁白她们的脸蛋/海浪滋润她们的爱情"，因为有椰林和大海的护佑，她们的生活显得有滋有味，充满了温馨和愉悦。第三节将渔家女劳动后的收获场面定格，写出了她们在夕阳下的曼妙风姿。在这一节里，"水灵灵的秀气"这个短语具有双重用意，表面上看是形容椰树叶的，实际上是在着意展示渔家女内在与外在相统一的秀美情貌。

总体来看，这组诗尽管写到了三个不同的题材，但这些题材都与大陆最南端这片热土有关，在主题上是较为统一的，即通过对南方物象和人情的描画，流溢出对这片土地浓烈的爱恋之情。

爱在南方（组诗）

李　舟

回忆油棕

这些油棕是热带雨林的音符
拨开山鸡巢边的草叶
我清晰听见油棕果的心跳

灌木丛中伸展五趾
条条荆棘路浮在枝叶间
沾满草味的山歌

淡红微甜的糯米野果
诱惑我采撷油棕
天气炎热　衣衫湿漉
在开垦的火红年代
时间闪烁银辉
青绿满枝的年轮　悄然裸现

春天的菠萝童谣

沐浴一点一滴的椰风蕉雨
菠萝的眼泪打湿白色的荔枝花
青蛙　蟋蟀　蘑菇的声音
饱含金黄甜蜜的菠萝汁
曾在桑枝遥望天空的山雀
沿着春天的彩虹展翅飞翔

季节深居茏葱的果园
勤劳的男人伸出粗手
掂量沉重而朴实的农历
细雨中的云朵从羽毛飘落
一丛丛菠萝高过白鹅头顶
汗水蒸发青色尖叶的微笑
农妇丰满的奶房流汁时
一颗菠萝两颗菠萝
甜润土气十足的乳名
一汪春水是种果的基本经验
捧起一年来最早的收成
孩子白齿轻咬黄菠萝的童谣
便一滴滴流入山羊的鸣叫里

捞海藻的渔家女

捞海藻的渔家女
是一只绚丽的海蝴蝶
从浅水中的一丛礁石
缤纷到另一丛礁石

捞海藻的渔家女
是海边椰林的女儿
穿过那细细的白沙
椰花洁白她们的脸蛋
海浪滋润她们的爱情

夕阳里一筐筐满满的收获
捞海藻的渔家女湿漉漉
一阵海风吹拂过来
海滩旁的椰树叶
摇曳水灵灵的秀气

春光处处有情意

——读凌斌组诗《春之思》

毫无疑问，春是一年四季中最能牵动人心襟、撩动人情弦的时节，“一年之计在于春”“春色满园关不住”“春风得意马蹄疾”……春之季节里寄寓着古往今来人们多少的美好情怀与幸福感觉。从古到今，春天一直是诗人笔下歌吟不尽、表述不完的文学题材，对春天的描画与感悟在一定程度上代表着人们对季节最深入的洞察和最切身的体验。来自吴川的诗人凌斌也用分行的文字写下了自我对春天的观察、思考与记忆，组诗《春之思》从三个不同的层面传递了诗人对春天的三种不同的理解与感知，将春光处处有情意的主题表述了出来。

《春水》一诗围绕“春水”这一主体意象来生发联想，表达了心中绵绵不尽的乡愁。首节以“心池涨满”“湿漉漉的乡愁拧不干”等语词，极言春水之盛与乡愁之浓。次节以双眸湿润牵引出“潮湿的思念”“发绿了”的情景。一二两节分别从感觉和视觉的角度来暗示内心汩汩的乡愁。第三节是过渡的部分，诗人采取将客观事物人格化的修辞策略，赋予柳树、燕子等事物以人的情感，将无处不在的春意春情巧妙地书写出来。第四节和第五节由景及人，在春水荡漾、春光流淌的时日里，诗人不由得想起了自己的父亲、母亲和兄弟，那种牵挂亲人的情感在诗行间满溢，让人好生感动。

《春夜归人》仅有一节，表达的是对长辈诚挚的孝敬和深爱。离家在外的游子春日归来，内心总是充满着复杂情绪的，对故土的思念、对亲人的牵挂以及没有照顾好父母的歉疚之感，此刻都在内心如潮水般涌荡。“近乡情更怯，不敢问来人”，因为上述复杂的心理情状，诗人很自然地写下了“短短一公里的乡路/竟漫长了我的一生”这意味深长的句子。而接下来，诗人写到的这个细节：“在这夜深人静时/摸门把之手有些怯生/不敢唤醒甜梦里的母亲”，将内心的真实情感细腻而真切地书写出来，是诗中至为感人的地方。

《用民间的笔法直抒春意》一诗用诗性盎然的句子精彩地呈现出充满生机和希望的乡村春景。在诗中，耳边呢喃“吵醒了潮湿的春梦”“爱人正煮着香喷喷的阳光”“乐声摇动多情的春水”“犁开田畴崭新的响往”等句子都将虚与实有机结合在一起，在虚实相生中升腾出悠悠不绝的诗意。当我们读到“被泥土宠爱的生命/拥着风雨阳光相嬉在田野上”这最后两句诗时，眼前不觉出现了春光下乡民们其乐融融、幸福满怀的画面，内心不由自主地激荡起欣喜和激动之情。

春之思（组诗）

凌斌

春　水

没有呼唤你
你怎么要把我的心池涨满呢
一串串湿漉漉的乡愁拧不干

没曾对你用情
你怎么要弄湿我的双眸呢
一串串潮湿的思念又发绿了

柳在风中打捞往事
穿过春水不是我的诗
燕子用屋檐的雨滴
为谁裁了春衣

父亲已离去多年
和他相敬如宾的老白狗还是依旧守着
墙脚边那把锈了岁月的犁

捧一把春水让母亲止咳嗽
我多想这样倚在母亲的怀里啊
兄弟有时还会打来一两个电话
关心钱放在哪里较为安全
春水就洗擦着留在故乡的足迹
让我无处躲藏

春夜归人

春夜归家的我总有难言
踢着一阵阵狗儿的嘶叫声
尾随而来
短短一公里的乡路
竟漫长了我的一生
无人相伴也自知孤寂无孔不入
往事不想用星光渲染
在这夜深人静时
摸门把之手有些怯生
不敢唤醒甜梦里的母亲
就怕满头的银发雪痛我的心

泪水——
为何总不敢在人前洒下
哪一条条帆动潮汐的河流？

用民间的笔法直抒春意

谁在我耳边呢喃
吵醒了潮湿的春梦
爱人正煮着香喷喷的阳光

看屋外的树上
小鸟舞动着绿枝
敲打着风的琴弦
乐声摇动多情的春水

让我掬一把这醉人的春光吧
好让心不再忧伤
当公鸡梦想成凤凰时

乡村总是用民间的笔法直抒春意
犁开田畴崭新的响往
河水潮涨的相思漫过心堤
被泥土宠爱的生命
拥着风雨阳光相嬉在田野上

兰花的诗意邀约

——戚伟明诗歌印象

诗人戚伟明善种兰花，种养兰花既是他的一大喜好，也是一种谋生手段，同时还是陶冶性情的一种方式。与兰花相处的日子，每天都会收到他发来的诗意邀约，那悠悠散逸而来的清香，那静雅幽谧的氛围，那明洁亮丽的色彩，共同编织出一个情味盎然的诗性空间。受这些诗意邀约的感召，戚伟明不停地将那心灵的触动和情感的波澜化为分行的文字，构建成美丽的诗章。以兰花为歌吟对象的诗，他至今已写下了70多首。这里挑选的三首都是以兰花为关注对象，既写出了兰花之美，又把诗人在兰花的周围寻找生活的情趣和人生的要义写得有声有色，带给人不尽的审美享受。

《在兰苑》一诗是对“兰苑”这个独特的花草空间所作的诗化素描，同时也对诗人和他家人日常的生活状态进行了写照。在兰苑里，无论是“追逐鸟声”的清风，“乘上蝶翅”的晨光，还是“躲在竹篱上”的红蜻蜓，都给人以惬意爽心之感。而诗人一家人的生活，“儿子总喜欢听雨后的蛙鸣”，“妻子总喜欢月光洗净的夜空”，诗人则每天“将兰草一一探视”，显得闲适轻快，展示的是一种让人艳羡的生活状态。

《蜗牛与兰叶》用特写镜头展现了兰叶上的蜗牛在自我独立世界中优哉游哉的生存样态。诗人将窄窄的兰叶形容为蜗牛“宽宽的专用道”，将“驮着蜷曲的壳”的蜗牛比喻成“一辆超载的老爷车”，然后以“不用等红灯　不担心塞车/不怕前方或后面撞来的醉驾”的诗句来描绘它无拘无束的爬行，显得既贴切又富有生趣。最后一节“一只蜗牛在一片兰叶上/将日子慢慢爬”是对全诗的小结，同时将蜗牛的生存方式作了艺术的概述。

《有这样一些夜晚》描绘了萤火虫飞临兰花丛时的情形。诗人将一只只“在夜风中游弋”的萤火虫比喻为“一支打亮手电筒的治安队”，终于“巡逻到兰苑”，又想象萤光闪烁时，“不期而至的星光围绕我飞舞　眨眼”，仿佛灿烂星汉在没有星月的晚上出现了。诗歌结构较为精巧，除了上述正面描写之外，还以萤火虫莅临时“兰花”“大地”与“狗”的情态来作侧面描写，衬托出萤光熠耀的夜晚幽谧、安适、恬静的美好氛围。

戚伟明的诗歌构思精巧，语言精致，写的是小局面，反映的是闲适生活。在现代社会飞速发展的今天，人们的生活节奏日益加快，内心总被焦虑、疲惫、烦躁所纠缠，因此对那种悠闲自在的生活方式的向往就显得更加强烈。戚伟明的诗歌正是对人类这一精神诉求的艺术呈现，它让我们在“金戈铁马”的现实拼争之外，还能领略到小桥流水的诗意栖居，获得内心的某种沉静与满足。

在兰苑（外二首）

戚伟明

在兰苑
清风总喜欢追逐鸟声
将一天叫亮
而晨光总喜欢乘上蝶翅
从低处飞向高处　从现实飞向梦境

在兰苑
红蜻蜓总喜欢躲在竹篱上

想自已羞红脸颊的心事
而蝉声总喜欢叫一声　花落一次
叫一声　季节远一远

在兰苑
儿子总喜欢听雨后的蛙鸣
妻子总喜欢月光洗净的夜空
而我则照常浇浇水　施施肥
然后　邀约已然慢下的心
将兰草一一探视

蜗牛与兰叶

一只蜗牛在一片兰叶上
真令人羡慕

一片窄窄的兰叶
可就是蜗牛一条宽宽的专用道

你看　蜗牛驮着蜷曲的壳
就像一辆超载的老爷车
不用等红灯　不担心塞车
不怕前方或后面撞来的醉驾

一只蜗牛在一片兰叶上
将日子慢慢爬

有这样一些夜晚

有这样一些夜晚

萤火虫一粒接着一粒
在夜风中游弋
而我却这样想
一支打亮手电筒的治安队
终于巡逻到兰苑

狗不再作声
兰花不再提心
大地不再吊胆

有这样一些夜晚

萤火虫一粒接着一粒
在夜风中游弋
而我更愿意想象
不期而至的星光围绕我飞舞 眨眼
一个没有星月的晚上竟也星汉灿烂
一个如此平常的夜晚竟也如此安详

兰花早已安睡
大地终于合眼
狗在静听蟋蟀轻声唱

诗人自述中的诗意自守

——读曹勃良组诗《诗意校园》

曹勃良的这三首诗是真正的“组诗”，题材的相关度和主题内涵的黏合都显得紧凑而又自然，贯以“诗意校园”这一总题再好不过。

这组诗是诗人关于诗歌自身的一种指涉，而且都用了对比的表现手法。《心灵是诗歌的田野》是直陈式的言志书写，诗中的“梦外世界”是非艺术的俗世世界，而“梦里”“校园”“田野”则是艺术的诗意世界，诗作通过对两个世界的对比强化了诗人对诗意世界的认同。《把她夹进课本里》和《不敢拥抱你》则是隐喻式的表情达意，前一首诗将诗人的自谦和更高的自我追求与他人的认可进行了对比，将诗歌以外的热闹与诗人自身的清醒进行了对比，突出表达了诗人对自身标准和原则的坚守珍藏；后一首诗既写出了一个“冷落”诗歌的人激情的再度燃烧，又预示了诗情燃烧后因“仰望”和“敬畏”最终走向“冷落”的宿命。三首诗中先后出现了“我”（“自己”）、“她”、“你”三种指代，“被夹进课本里”的“她”是诗人得意的诗作，不敢拥抱的“你”是诗人永远追求的诗的境界，而“我”则是全诗自始至终都隐含着的一个“校园诗人”的形象。所以，将这三首诗合并解读，可以说是一个诗人的自述，以及在自述中对诗意的自守。

在一种欲望引诱和实用论畅销的文化空气里，诗意的自我守持主要依靠内心的宁静。这种自守的姿态或许是高傲和孤独的，目的则是纯粹和无功利的，形式上往往体现为封闭和自处。这与“校园”的特质恰好契合，所以诗人选取“校园”这一半虚半实的地理时空来承载其文化意义：因为校园是高雅的象牙塔，校园是纯洁的世外桃源，校园是有围墙的封闭的场所。即使全社会都抛弃了诗歌，诗歌也不会在校园里绝迹。“校园诗人”形象的设置或许正好满足了诗意自守的传承人需求。

这种自守是对纯粹的守护，是一种审美距离的自觉保持。虽然诗人曹勃良在别人认为“我是诗人”的时候“默认一切和她脱离关系”，在“月明星稀的气象”里，自认为是“不敢拥抱敬畏的诗歌”的“一颗很小的新生星星”，但他却在“无人写诗”的时候“用心读着自己的诗”，所以，表面的“自轻自贱”的背后是真诚的自爱自守。诗人与“所谓的诗歌”保持着距离，实际上是对喧闹诗坛的警惕，是对“真正的诗歌”的尊重，因为只有深深地珍藏才显得珍贵，只有不敢拥抱才显得不可侵犯，只有藐视自我才能敬畏诗歌的神圣。

组诗《诗意校园》借校园的宁静与单纯来珍藏诗意，表达诗观，坚守诗歌的纯粹性。校园是表，诗歌是里，诗意是体，诗心是魂。

诗意校园（组诗）

曹勃良

心灵是诗歌的田野

月明星稀的天空走进
梦里　平仄的梦呓
离家来了
似乎向梦外世界宣示
今夜无人写诗
这时诗人蜗居的校门

窗户紧闭　灯光透不出
这时在雷州
校园　夜半人静的时刻
有人眯着双眼
半睡半躺在校舍的床上
用心读着自己的诗
自己告诉自己
诗歌
种植在心灵的田野里

把她夹进课本里

美梦栖于耳畔　灵感
起伏沉浮　俘虏一个亮点
我却把她枪毙
（因为不敢说这是诗）
何物是诗　谁是诗人
而我听见许多同学
在早读课　偷读着
我手抄本的诗歌
他们和她们
在日记里写上　我是
诗人　一个校园诗人

那读诗声　来自
蓝天的风叫
和阳光下的花开
以及校园外的风景
而我　默认一切和她脱离关系

她将会蝶化美梦成真
我却把她夹进课本里

不敢拥抱你

从入会那天开始
我也开始冷落
书声朗朗的频道
回到原点，一日复一日
等待你与我相识相知

你的背影从我的视线内
掠过，仿佛记不清楚的
英语单词　然而
在一个下午你牵我的手
恰有两节数学课
（我最恨数学老师）
可有几道难题，是你
暗中帮我解答正确

自修课后的天空
又逢月明星稀的气象
如果诗歌是月亮
如果诗人是星星
我啊，远离月亮
一颗很小的新生星星

仰望诗歌的天空
三五年内，我或我们
都不敢拥抱敬畏的诗歌

古典与现代的有机结合

——读王晓波组诗《另一种乡愁》

中国新诗如何接通古典诗歌传统，这是近百年中国新诗历史发展中一个非常重要却始终没有解决好的问题。比如“乡愁”，这是一种古典的心理境遇，在古诗中屡见不鲜。《古诗十九首》里有“胡马依北风，越鸟巢南枝”之句，以鸟兽的情态喻示人的思乡之情，显得极为精妙。杜甫的“露从今夜白，月是故乡明”“烽火连三月，家书抵万金”，都写出了诗人心中的念乡之意。此外，“悲歌可以当泣，远望可以当归”（汉乐府）、“近乡情更怯，不敢问来人”（宋之问）、“今夜月明人尽望，不知秋思落谁家”（王建）、“逢人渐觉乡音异，却恨莺声似故山”（司空图）等，都将离乡别家的仇怨之感艺术呈现。那么新诗如何重现“乡愁”这种传统的思想情感呢？这就涉及古典与现代连通的问题。再比如古雅的文言语词，那是古典诗歌的基本语言形式，也是古典诗歌韵味无穷的基本美学保障。五四运动以来，现代白话文代替古典文言文成了新文学的主要文体形式，古典语词由此与中国新文学的关系日益疏远，中国新诗无法输入大量的具有古典意味的词汇是再正常不过的事情。古典语词从中国新诗中走失，势必造成新诗日益“欧化”的倾向，这对呈现中国新诗的民族美学特征来说是极为不利的。如何让新诗接纳古典的语汇，从而更具有民族色彩和古雅趣味，这也是现代如何与古典沟通的重要问题。

在此基础上，我们可以说，王晓波的组诗《另一种乡愁》提供了中国新诗实现古典与现代有机结合的某种典型文本。这组诗既以分行的文字写出了古意氤氲的“乡愁”之情，又用古典的词汇表达了现代人的思想，做到了现代与古典的结合与沟通，使人读来颇感用语亲切，情意绵长，兴味盎然。

这组诗由《家书》《新月》《遥远的美丽》构成，都包孕着“乡愁”这一文化母题。王晓波是廉江人，为供儿读书，他赴中山打工多年，盼望妻子给他寄来信函的渴念无疑是萦绕在心头的，《家书》艺术地展示了这种心理情态。为了更为突出地呈现“乡愁”的炽烈与深挚，诗人将自己拟想为家在遥远的塞北而只身南下的打工仔，距离的遥远无疑增加了分离的惆怅之情，因此，妻子的“家书”一到，便有“三载相思苦泪”“扑湿皱折信笺”的场面，这是可想而知的事了。在《新月》中，诗人以“离城返乡的前夜/抱着才满周岁的孙儿/你用粗拙的手/抚爱着她幼嫩的脸/望着我　心疼的一句/‘在外奔忙，别耽搁了孙儿!’”的特写镜头来描述爷爷对孙儿的疼爱和父亲对儿子的关心。最后一节，“望着你渐弯的腰背/真害怕孙儿的体重/把它压成半弯的新月”，这种担心和忧惧里满溢着对老迈父亲的尊敬和感恩之情。牵挂儿子、体谅父亲，诗歌表达的正是“另一种乡愁”。《遥远的美丽》借追忆一段远逝的恋情来表达对过去岁月的缅怀，对美好情感的不舍。虽然题材表面上与“乡愁”不无干系，但仔细品味就会发觉，诗人对故往的追味，对恋情的回眸，一定程度上也是与自己曾生于斯长于斯的故土牵连在一起的，对那段远逝之情的依依难舍，折射的也是对故乡的绵绵情思。可以说，在表现“乡愁”这样的思想情绪上，这组诗呈现了某种古典的意绪和情味。

与此同时，这组诗在语言的运用上也颇有讲究，诸多文言语汇的使用使诗歌散发出古朴典雅的艺术光芒。“三载相思苦泪”“家书一封抵万金”“不让须眉汉子”“分明是那”“意恐儿迟归”“世上何事谓艰辛”“蛙鸣蝉唱的夏秋”“一别经年”“秋意迷离”等，都是古意浓郁的语词，这些语词对于描画现代生活情景来说，具有独特的表达意味，同时也增强了诗歌的传统文化底蕴。

另一种乡愁（组诗）

王晓波

家　书

家乡地瘦水缺
供小儿读大学
我孤身南下
赚钱维持家计
每逢小儿寒暑假期
老妻啊！你夜不成眠
识字学习
盼早日能写家书给我

今天收你来信
泪水扑湿皱折信笺
三载相思苦泪
五十载岁月老泪横秋
家书一封抵万金
语句里　字迹间
藏绵绵思念
带家乡黄土干涩气息
过玉门　跨阳关
攀山越岭
来到四季如春岭南

平日里
你锄地挑担
不让须眉汉子
来自丝绸之路的字迹
每一横　每一竖
却那么纤巧
是家乡的石窟艺术
滋润了你么
初写家书的老妻
端坐土炕上
煤油灯下写信的
分明是那
西子湖畔的秀巧织女

新　月

背离山村的前夜
你没有意恐儿迟归的叨念
只有一滴浑浊的老泪
落入我的行囊
失落挫败　想到它
再苦再累也撑挺过去
八九年的打拼
儿已不知
世上何事谓艰辛

离城返乡的前夜
抱着才满周岁的孙儿
你用粗拙的手

抚爱着她幼嫩的脸
望着我　心疼的一句
“在外奔忙，别耽搁了孙儿！”

望着你渐弯的腰背
真害怕孙儿的体重
把它压成半弯的新月

遥远的美丽

爱恋竟在远远
你我相对茫然
为何　为何我却在
蛙鸣蝉唱的夏秋
才会想起
才会茫然追寻你的踪影
你这寒风中袅娜的水仙

恋爱竟已是遥远
似水流年　流年似水
已是稻穗飘香的秋
我却是道不尽的愁
不想你的冷傲绽放
使你我各在水的一方

爱恋竟在远远
一别经年　似水流年
你这傲霜的凌波仙子
岁月之舟已进秋的芦荡

芦苇茫茫　秋意迷离
迷离的你却
屹立在料峭的早春

慨然你我
相识在错误的季节
叹息你的如约
竟然是我的迟到

乡村风俗画里的韵致与情趣

——读冯柳的“新乡土诗”

冯柳的这三首“新乡土诗”可谓各有特色。

《捆草》表面上是对“捆草”这一项农事的写意，实则饱含着乡村生活原始的生产欲和诗意的闲适感。第一节开笔便引人入胜，捆草捆进了阳光，垛高了十月，垛高了炊烟，两个具象事物，一个抽象时间，非常巧妙地嫁接到一“捆”一“垛”两个典型动作中，自然而富有诗意；紧接着用麻雀扑打和小狗嬉戏将镜头拉向近景，极具画面动感和乡野情趣。接下来的两节，“女人”和“男人”渐显出来，女人从男人的目光中看出了男人的心事，男人从女人的梦里看到了生活的奔头，男女作为“人”的情感和欲望成了“小村”生长的动力，也成了此诗接地气和沾染人间烟火的象征。最后一节再次将目光投向草垛，爬上草垛“看云”“看日落”“看麻雀飞回村的影子”，颇具童真情趣和漫画感。诗人将视点定位在地面之上的天空、人之外的自然、现实之外的超脱，在意象上呼应了开头，在境界上有了新的提升。

《秋天的芦苇》是一幅写实的乡村图画，场景从田野换成了湖边。这幅画一是有很强的色彩感，黄的芦苇、白的轻云、绿的湖水，色彩并不繁复，却是秋天湖面典型的“原色”，色彩之间的渐变融合自然柔和；二是极有动态感，“攀扶”“滑落”“染”“摇动”“捉”“种”“生长”“亮”等动词的使用既贴切又传神，分别写出了水鸟滑翔的轻盈、芦苇由青变黄的过程、泊湖轻舟的独特与稳固、秋风中芦苇的显眼与敞亮，无形之中赋予景物以生命，而且不破坏作为秋景的整体和谐，足见诗人锤炼语言和捕捉细节的功力。

《风俗画》较之其他两首而言，在诗艺成就上稍弱一些，但同样表现出诗人坚实的生活基础和娴熟的表达技巧。这首诗以白描的手法绘出了一幅简约的乡村素描。耕耘的汗水与收获的喜悦都包含在这幅素描里。诗人的智慧在于能从辛勤劳苦中品出诗意，从单调中感受到温暖与色彩，在简单直接中享受淳朴的浪漫。这也正是这首诗超越一般乡土诗的地方。

应该说，将双脚根植在土地上的人才是真正的乡土诗人，比如“喂大了小村”、稳住了生活的捆草女人，比如将橄榄核“种在湖里/生长着满湖秋色”的渔村姑娘，比如将一个个“日子”变成“希望”的荷锄而归的阿哥。但他（她）们是自在的，也是失语的，身在其中却不能言其妙。幸好有“冯柳”们从这些人身上得到灵感，通过一双诗眼和一双妙手，将天然的色彩与柔和的线条调配组合起来，绘出一幅幅精妙绝伦的乡村风俗画，其间蕴含着自然天成的韵致，透出优雅闲适的生活情趣。

乡土恋歌（组诗）

冯　柳

捆　草

捆草，把阳光也捆了进去
暖暖的，一点点垛高了十月
垛高了小村的炊烟
麻雀儿扑愣愣的在上面打翻
小狗围着追逐嬉戏

捆草的时候，女人

即刻就闻到男人欣喜的目光
即刻砸出男人的心事
一寸一寸顺着稻秆爬上
女人摇晃的梦梢

从此，男人有了向往有了奔头
酿造一个又一个甜梦
触摸温柔的稻草
女人青黄的欲望
在灶火中煮饭，喂大了小村

捆草，把生活稳住了
稳住了男人与女人的喜悦
然后爬上上面，看云
看日落
看麻雀飞回村的影子

秋天的芦苇

我攀扶着秋阳
有很多很多鸟声滑落
落在粼粼波光的水面

我把相思抛进湖里
甜甜的风把笛子染黄
浪，一浪接着一浪，摇动着远处袅袅的炊烟

淡淡的草苇捉住多情的山月
淡淡的白云远了又近

秋雁南飞，化入作冬的凝带

小舟，一枚橄榄核
被渔村的姑娘种在湖里
生长着满湖秋色，任你采撷

芦苇，把情感亮在秋天
一阵阵扑面而来的清风
使它激动不已

风俗画

黄黄绿绿的衣裳
如我们种植的庄稼
庄稼，在晚秋
一垄垄、一畦畦
挂在乡村的屋檐下

糯米酒烧出的语言
粗犷、浪漫
十八九岁的姑娘哟
待字闺中，羞答答的眼神
听懂了他们的话

男子汉的肩头学会扛犁的时候
粗糙的手就学会了红和黄的配搭
也许，是一种日子殷实的象征
象征一个温暖诱人的希望

乡村，一幅单调的风俗画
青椒、大蒜、玉米
挂满乡村的屋檐下，一只燕子
掠过，我望见阿哥荷锄
正从田野归来

自我的审度与心灵的沉吟

——读杨梅组诗《内心独唱》

杨梅是一位来自廉江市的“70 后”女诗人，她的诗歌创作起步尚晚，但进步很快。当下社会对诗歌的发展是有利的，由于有网络，有博客，有大小诗歌论坛，有各种民间刊物，人们习学诗歌、发表诗作的机会比 20 世纪 90 年代以前增加了不少。杨梅或许正是通过网络迅速成长起来的。她的组诗《内心独唱》采取咀嚼自我、展现心灵世界的内倾型情感表达形式，虽然很少有对外在世界的客观描摹与本真呈现，但由于诗歌中的意象与情绪都浸染上主体的色调，因而有着拨人心弦的情感魅惑。

《当车子向前疾驰》可以说是对某次乘坐汽车时的一种心理体现。车在向前疾驰，道旁树也迅疾往后退却，很多事物与乘车者擦肩而过，速度带走了身边的一切，唯独将惶惑与虚空遗留在乘坐者的心灵空间。在这首诗里，“车子”不过是时光飞逝的一种隐喻和象征，面对着匆匆消逝的人生行旅，诗人因为“抓不住任何/可以慰藉的一粒沙尘”，而痛感“卑微如草芥的人/将被时光啃噬”，一种人生虚度、青春难再的怅惘之情氤氲其间。

《闪电划过》也是一次心灵的呓语，或者说是一次深情的人生道白。一个热爱生活的人，“内心常有闪电划过”，这就是说，诗人她绝对是一个对生活有体味、对生命有感触、心理感官敏锐的人。不过由于语言的匮乏和表达的欠缺，她常为自己无法写出“田地的肥沃”而唏嘘感叹。虽然她习惯仰望，渴望飞翔，但又无法将这对未来的希冀、对自由的向往的心声从容绘出，更无力将生活中蕴藏的某种深意提炼出来。“但我却仍然无法/从生活的唇齿间/吐出，隐藏已久的核”，这里有遗憾，有无奈，更有某种永不言弃的生命态度。

在《马群》一诗中，杨梅向我们展示了一幅曼妙的人间风景画，溪水清澈，鸟儿自由翱翔，“风声柔和，日落缓慢”，真是“人间静好”啊！只是诗人并不是一个苟安于世的享乐者，对于远方的渴望使她不甘被眼前美景所捕获，被现实的诱惑所羁绊，她的“马群始终没有停蹄”，因为“那万里无边的野草/春风吹又生”，她的眼光始终盯住的是——前方。

杨梅的诗在气氛渲染上多为冷色调，但并不令人灰心，让人消沉，这是因为她的诗歌告诉我们，在卑微的自我感觉中尚存昂扬的斗志，在并不畅达的生活处境中保持不屈的抗争，这是生命的要义所在。诗歌抒情一般有两种：客观化抒情与主观化抒情。杨梅的诗属于后一种，在浓烈的抒情之中，极为深切地展示了诗人自我的审度与心灵的沉吟。

内心独唱（三首）

杨　梅

当车子向前疾驰

这时我偏爱沉默
像窗外迅速后退的景物
我仿佛从中看到
自己一生的缩影
瞬间浮现，又瞬间消失
我抓不住任何
可以慰藉的一粒沙尘

突然，陷于忧伤
忧伤于坐在前行的车上
竟窥听到时间的车轮
滚滚，辗过人世的路面
那些未知，瞬间就成过往
这让我更认清自己

一生节节前行，又节节后退
卑微如草芥的人
将被时光啃噬
但命运的坎坷
喂养了我们不屈的灵魂

闪电划过

我热爱生活
内心常有闪电划过，但
我贫瘠的文字
无法写出　田地的肥沃
比如，此刻
一个人站立楼顶，仍然
习惯仰望天空
习惯张开双臂
学习飞鸟的自在
人间鲜活，岁月静好啊
但我却仍然无法
从生活的唇齿间
吐出，隐藏已久的核

马　群

这里的溪水清澈
没有一根扯痛内心的水藻
盘旋在半空的飞鸟
双翅轻盈
仿佛不曾历经风雨

这里的风声柔和，日落缓慢
面对如此人间静好
我的马群始终没有停蹄
那万里无边的野草
春风吹又生

青春的感悟与书写

——读夏雨哲组诗《椰风晚韵》

“90后”诗人夏雨哲是岭南师范学院人文学院一位大三的学生，对文学由来已久的钟爱是他选择报读中文系最重要的原因，进入大学的两年多时间里，他已经创作了近百首诗作，不少诗作都达到了发表的水平，他的语言才气和感悟世界的能力从分行的文字中显露出来。组诗《椰风晚韵》由三首短诗构成，对黑夜、白云、雨水、恋人等进行了艺术的演绎。

《黑夜里的白云》一诗将“黑夜”与“白云”两种自然事物对举，将它们既相分割又相牵连的存在情态巧妙书写。“白云，没有听过黑夜的期盼/黑夜，没有听过白云的歌吟”，诗歌第一节告诉我们，黑夜和白云都有自己的思想情感，但二者之间也许互相并不懂得。将自然拟人化，赋予黑夜和白云以人类的情感特质，诗歌在此已有些妙意。更妙的是第二节，“假如晚风从远方袭来，飘着/季节的心跳/这心跳里有星光，也有/白云的歌吟/黑夜的期盼”，季节有着“心跳”，而且这“心跳”里既有星光，又有黑夜与白云的歌吟、期盼，这些“无理而妙”的诗句显示了小诗人对自然世界不凡的洞察力和领悟力，以及用诗歌阐释自我发现的表达力。

在一个秋雨潺潺的静夜，审视青春的梦幻，思考个体的存在，这是一种怎样的生命状态呢？从夏雨哲的《雨的记忆》里，我们大致可以揣摩到这一生命状态的真实情貌。“枕着秋雨的滴答”，去窥视青春的梦幻，这梦幻是美好的也是易碎的，因此清晨醒来，就会发现碎片满地，幻梦远逝，于是，夹进“日记册”便是交织着尊重与惋惜双重情感的自然选择了。同时，青春的记忆、雨的记忆和黑夜的记忆是混杂在一起的，它们共同将“纤细的忧伤”诉说。以“纤细”喻“忧伤”，这是美妙无比的一种书写。最后一句，“那忧伤里，有隐隐的梦痕”，与第一节形成呼应，并将青春岁月中忧伤与希望并存的生命底色巧妙地暗示出来。

《一叶浮萍》有不少富有哲理和韵味的句子，如“定格的瞬间最美”“友谊，在最低谷的时刻/擦亮了天边的流云/爱情，在最青春的季节/温暖了冰山的雪莲”“意志的力量却如海浪/一层一层，将黄沙淘尽”等，这些哲思话语为诗歌最后的意义呈现蓄足了势能。最后一节点明全诗的题旨：“回望溪河中荡游的恋人/停留在天地接壤处/恰似，一叶浮萍”，这里的“浮萍”是旧词新用，形容恋人如“浮萍”，不是为了表现他们漂泊无依，而是为了极言其自由快慰，以此彰显爱的美好与神力。

自然，由于诗人人生阅历还不够深广，其诗歌还显得过于书面和匠气，缺少一种经过生活揉搓的活泛与野趣。我相信，随着人生之路在脚下的不断延伸，夏雨哲的诗必将会不断深化和进益的。

椰风晚韵（组诗）

夏雨哲

黑夜里的白云

白云，没有听过黑夜的期盼
黑夜，没有听过白云的歌吟

假如晚风从远方袭来，飘着

季节的心跳
这心跳里有星光，也有
白云的歌吟
黑夜的期盼

雨的记忆

昨夜，我枕着秋雨的滴答
偷偷把梦窥遍
清晨，拾起落满一地的碎片
夹进青春的日记册

雨的记忆，刻在黑夜的沟纹里
纤细的忧伤
拥挤在我的指尖
那忧伤里，有隐隐的梦痕

一叶浮萍

耳边的风贴在情人的脸上
欢喜的言语跳跃着幸福
走在绿荫道铺展开的灯光下
诱惑了满眼流露的凄凉

深深敬重那些羞愧
定格的瞬间最美

友谊，在最低谷的时刻

擦亮了天边的流云
爱情，在最青春的季节
温暖了冰山的雪莲

将岁月装进似水的年华
奔腾而涌入大江大河
意志的力量却如海浪
一层一层，将黄沙淘尽

回望溪河中荡游的恋人
停留在天地接壤处
恰似，一叶浮萍

在生活的细部发掘存在的奥义

——读袁志军组诗《时间的河流》

在海洋文化滋养和哺育下的湛江人身上，体现出丰富而多样的情感素质，既有粗犷、豪放而大气的一面，也有细腻、敏感和儒雅的一面。诗人袁志军大概更倾向于后一种，他对外在世界的观察极其敏锐和深邃，常将思维的触角伸向生活的细部，对宇宙人生进行深刻的体味，能在细小的生活情节和惯见的日常事物中寻觅世界的内蕴，发掘存在的奥义。组诗《时间的河流》就集中体现了诗人的这种精神状态与情感素质。

在《窗外是时间的河流》一诗里，诗人截取了“凌晨五点”这个特定的时间段来写照，通过对此时此刻周围世界所呈现的现实形态的诗意素描，将自我对生命的深切感触轻巧地传递出来。“凌晨五点”作为一个具有意味的时间符号，它将诉说怎样的现实生活场景呢?“凌晨五点”之期，“城市在窗外已经熟睡”，一切都悄无声息，偶尔会有“车的呼啸”一闪而过。而此时的“我”却“沉浮在班得瑞音乐的河流”，“随波荡漾　随风窒息”，这个抒情主体是一夜未眠，还是因故早起?我们无从知晓，我们只知道他的内心正翻波涌浪，“窗外是时间的河流/在我心底奔腾不息”，外在的世界与内在的自我在“凌晨五点”这个独特的时间点上频繁地交流与对话，都市、存在、时间、空间等都在抒情主体的反刍与体味中呈现出繁复的意味。

《倒影》和《狗尾草》二诗分别对枯树与狗尾草进行了艺术演绎和哲学沉思。在《倒影》中，诗人起笔以“身体融于碧水，灵魂皈依蓝天”的精彩诗句来呈现倒映在水中的一株枯树不凡的存在样态，一下子就抓住了读者的眼眸。更妙的是，诗人将“枯树”与个体存在对应起来，使自我与枯树之间形成一种互文关系，这样，诗中对枯树的种种描摹，如“水底的鸟鸣”“他乡的绿色”“远航的梦呓”等，实际上也构成了对“我”的生命形态的状写。在此基础上，最后一节“那株枯树/我缄默的倒影”就成了水到渠成的叙说。在《狗尾草》中，诗人对这种草类植物的卑微存在与不屈抗争作了精细描画。“深深扎根于泥土/挣脱坚硬的镣铐和枷锁/在贫瘠里丛生”，这是“狗尾草”卑微的生存状态的真实反映。尽管出身贫寒，生存维艰，但“狗尾草”从未放弃自己的梦想，从未停止追求的脚步，它始终强忍着“拔节的疼痛”，那“生命的绿色，被风反复擦亮”。即使秋天到来时，也要让“生命里最静谧的时刻”“被夕阳点燃”，并将生命的种子留存在“春天的梦里”。诗歌表面上是对“狗尾草”这类植物的艺术写真，实际上是对人类生命中那些地位卑微但不坠青云之志的人们进行的由衷礼赞。

《等待一场大雪》写出了对一个绚烂季节的衷心期盼。在诗中，因为是在“等待”大雪，而不是在现实中真实地迎接大雪，因此，大雪的情形和样态都是借助诗人曼妙的想象而呈现的。在想象的护佑之下，大雪显得有情有义、风姿绰约，它有“纷扬的脚步”，可以让“我”“绽放灵魂里寂寞的白月光”；它美若天仙，“温柔的天使展开翅翼/拂着心坎的节律像花开的声音/手持白色火焰/点燃冬天越来越厚的心事”；这“白色火焰”，会在“我”胸肋下熊熊燃烧，“熔蚀身体里坚硬的铁”，并使“我”的信念“反复淬火”。大雪是北国常见的自然景观，但在湛江所处的南国则难得一见。因此，在这首诗里，诗人用“白色火焰”来形容冬天的冰雪，事实上打上了南国人对雪的想象和虚拟的地域烙印。换个角度来说，诗歌中所写的雪花并不只是一种现实形态的冬雪，还可能是某种生命境遇、某种生命体验的隐喻与象征，从这个意义上可以说，诗人借助对雪花的等待和向往，表达的是希望生命得到熔炼和升华的精神吁求。

时间的河流（组诗）

袁志军

窗外是时间的河流

城市在窗外已经熟睡
偶尔闪过的车的呼啸
提醒着此时是凌晨五点
窗内的人
沉浮在班得瑞音乐的河流
随波荡漾　随风窒息
在一缕暗转的凄冷旋律里
秋天已经走远
冬天也早已开始
窗外没有想象的月光
也没有寒星
窗外是时间的河流
在我心底奔腾不息

倒　影

身体融于碧水，灵魂皈依蓝天
面对一株枯树，我无法说出
谁是前世，谁又是
今生。而我仿佛听到

枯树内部涌流的水声

那水声。来自水底的鸟鸣
和远走他乡的绿色，以及
远航的梦呓。来自
另外的我

那株枯树
我缄默的倒影

狗尾草

深深扎根于泥土
挣脱坚硬的镣铐和枷锁
在贫瘠里丛生

拔节的疼痛。止不住向上的渴望
在寂寞的荒野，在暗夜的星光里
生命的绿色，被风反复擦亮

遭遇秋天。生命里最静谧的时刻
被夕阳点燃。骨骼噼啪作响
而灰烬　以及流散的种子
燎原在春天的梦里

等待一场大雪

从春天开始我就已经等待

一场盛大的雪。避开季节沿岸的风景
躲进旖旎的梦里
让雪花纷扬的脚步开启我
绽放灵魂里寂寞的白月光

温柔的天使展开翅翼
拂着心坎的节律像花开的声音
手持白色火焰
点燃冬天越来越厚的心事
穿过风声让我看见
入水不见的羞怯

等待一场大雪在胸肋下燃烧
熔蚀身体里坚硬的铁
直至沸腾。将信念反复淬火
然后让季风和飞鸟引领
汹涌成春天燎原之势

别样书写诸多错位性情态的爱

——读张德明诗作《夜访小镇》

爱是人类情感中最丰富最斑斓的一种形态，爱的色彩、滋味和表现方式是多种多样的，正因如此，尽管古今中外的文人墨客用很多文字书写了这种情感，但始终无法穷尽。《夜访小镇》是诗评家张德明的一首诗作，在这首诗里，诗人也将思维的目光投注在“爱”上，用别样的文字写出了别样的情感样态。

近几年，批评家写诗渐成风尚，盘点一下，如潘洗尘《诗歌EMS》为张清华、陈超、张桃洲等批评家做的新诗快递，云南《滇池》杂志则在2011年第9期开设了“批评家的诗”专题，刊登了罗振亚、赵思运、霍俊明、张立群、马知遥、熊辉、龚奎林、王士强、刘波、杨庆祥十位批评家的诗作并附录有栏目主持张德明对各批评家的访谈，可以说是隆而重之。批评家向来以理论见长，职业训练造就的发达的逻辑思维如果再辅以诗歌的形象思维，可谓相得益彰。写诗的批评家进入诗歌文本往往更能一步到位已是批评界的共识，而诗人们对会写好诗的批评家自然也有着天然的亲近和信任。作为当下诗歌批评的中坚力量，张德明教授切入诗歌现场并总是在第一时间发出自己独特观察所形成的有价值的批评文本的出色能力，以及他偶尔为之的诗歌写作才华，值得我推荐他的《夜访小镇》。

在诗中，“我”对小镇的造访是在“她”并不知晓的情况下发生的，因为“她”对整个造访过程无从知晓，这才使得这样的“袭击”更具有情感的原初与本真，没有任何人为设置和添加的成分。“小镇”是一个别具意味的地理符号，它聚集着神秘、安静、宁和等意义，同时也是乡风民俗仍然留守、传统人文景观依旧存活的地带。在这样的空间驻足和徜徉，自会捕捉到平常在大城市难以领略的生动的生命迹象和醉人的生活情景。尤其当这领略新鲜的生存与生活方式的活动中还缠裹着对“她”的爱意与思念时，心中涌起的情感自然就非同凡响了。

本诗第二节是该诗出彩的地方。“偷袭”这个军事词汇的选用意在突出“我”造访这座小镇的出其不意，强调了这次造访行动的突然性。在战争学里，“偷袭”往往是以我方的有备而来、敌方的毫无防备为作战特征的，因此，“偷袭”的结果常以我方的大获全胜而告终。但诗中的“我”显然是个“失败者”，小镇的神秘、精彩和韵味无垠彻底征服了一个有备而来但又始料不及的“偷袭”者的心灵，使得“我”“不小心成了这块土地，意外的俘虏”。这是爱的力量，还是情的魔法呢？

这首诗产生奇特诗意效果的地方在于诗人写出了诸多错位性情态。“我”的都市生活和“她”的小镇生活的错位性使得“我”对“她”的现实生活境况产生了浓厚的兴趣。从都市而来的“我”的居高临下和小镇的自然平和形成错位，这使“我”一开始就占有了某种绝对的心理优势。“我”的有备而来与迷人的小镇让我又始料未及的错位性让那一直驻扎在内心的情感之流顿时翻腾、喧响。种种的错位性情形构成了意义的交响，令诗歌显得情绪跌宕、兴味盎然，给读者带来了美妙的审美冲击。

（本文为“中间代”代表诗人安琪所撰）

在诗歌中练习爱情（组诗）

张德明

夜访小镇

你住的小镇是我心头的某处伤痕
它在祖国的东南角呼吸
却在我身上疼痛
我只好携了三千公里的迷惑，八小时的辗转
去看你，和你的小镇
趁着夜色，趁着街巷将睡未睡
熙攘的叫卖各自还家
慢性病似的乡音正好将我伪装
成一个游人，或一个外商
在小镇暧昧的路灯下，我一边赏景
一边用脚量度
思念的尺寸，爱的距离
触摸你浅水般的梦想，薄雾样的野心

夜访小镇
我在暮色中偷袭你的王国
不小心成了这块土地，意外的俘虏

如果这还不够

我有晴空万里，我有雪花满地，我有天涯浪迹
如果这还不够，我有百年孤独，我有
十里相送，我有一丈情愁，如果这还不够
我有飞刀，我有骏马，我有止痛膏，如果
这还不够，我还有最后一滴
遗忘剂

为你打马过江南

杏花春雨，烟波柳笛，桂香霞绮
江南的画卷在你梦中展开
西湖上升起明月，映照万川，映照
你瘦如清风的乡愁
为你打马过江南，我备日记一册
散雾剂一方，采香瓶一支
我用日记录写江南的心情，用散雾剂清除
柳巷的离愁，用采香瓶
收纳万卷锦绣，为你打马过江南，我用大半辈子
采集苏杭烟雨，用李清照的词牌，为你酿造
秘制药膏，再用最后五年的光阴
足不出户，日夜疗治，你的怀乡病

午夜的小岛

如果一座岛只用来盛放爱情，那未免奢侈，未免
有些大而无当，不食人间烟火

这样想着，我来到午夜的小岛，来到
心跳过速的水域
海潮退去，沙滩上的脚印，凌乱而纷杂
三两只鸥鸟，飞飞歇歇，追着啄食
满地蹦跳的月光，一只白乳罩，在海浪中
荡来荡去，像一次轻浮的爱情，航标灯
在江心，幽暗幽明，不断放大
四周的茫远，和静谧
午夜的小岛
将情侣座腾空，将遮阳伞收起
比白日宽阔了两倍
正好可以装满，我此时的孤独

用诗的感觉记录生活

——评李斌组诗《湛江生活》

在湛江的诗人队伍里，李斌的名字并不为多数人熟知，但这并不意味着他的诗歌没有特色和质量。事实上，李斌是一个很有实力的诗人，只是由于他不习惯投稿，不怎么愿意把自己的诗歌公之于众，只把写诗作为一种业余爱好，写好后放在自己的笔记本或电脑里，我们平时很少能在报刊上读到，所以我们对他的诗歌才能并不是十分清楚。从他的组诗《湛江生活》里，我们能清晰地目睹到，李斌有异常敏锐的诗的感觉，同时他又对生活有着强烈的感知与体验，当他用诗的感觉来记录身边生活的时候，曼妙而珍奇的文字就跃然纸上了。

《高中时代的心情》是对那个青涩岁月的美好追忆与诗意描摹。首节，“轻轻一碰/依然面红耳赤/可以算计的纯/透过掌隙/延伸眼光的长度”，多鲜活的青春印记，多美妙的生活行程！“高中时代”对每一个个体来说，无疑是满溢着青嫩、纯朴与稚气的生命阶段，是交织着遗憾与回味的特别时日。“可以算计的纯”，用一种不合逻辑的造语，精妙地交代了“高中”这个有意味的生命符号的特定内涵。自然，高中只是我们人生中的一个阶段，我们每个人都会越过这个阶段走向远方，正如青春也只是我们人生的一个过渡形态，青春的日历终究会被我们翻过一样。于是，诗人由“高中”自然联想到“成熟”，“成熟真是一种美好/香气轻漫　滋润了/时间的肌肤”，在这里，诗人采用了通感的修辞手法，借助嗅觉、触觉等感官将自我对成熟的生命体验进行了精彩的书写。

《迎接春天的滋润》聚焦南海边的春情春景，写出了春到湛江时的诱人风姿。“前些日子　春天/悄悄爬上半岛的海洋”，真可谓着一“爬”字而境界全出，诗人用这个极为生动的动词巧妙地暗示了春天慢慢渗透、悄然抵达雷州半岛的季节情貌。春天到来，万物苏醒，“一切植物要穿起春的衣裳”，诗人用拟人的手法，形象地描绘了树木、禾苗在春风的招呼下旧貌换新颜的可喜景观。“有些树出现产前的阵痛”，“而水田　卷起裤脚/立体的纯亮充满怀孕的期冀”，这些句子都显得诗意盎然，将春天来临时半岛的胜景精彩地描画了出来。春天笼罩下的湛江城也是美不胜收，小孩子乐而忘返，“把欢乐丢在街头”，蓝天下风筝“戏剧般扭动”，那绰约的风姿甚至“感动飞鸟”，活泼的春燕也在“自由地展示尾部的图形”，一切都是那样美好和谐。在此基础上，诗歌最后一节的呼唤就显得水到渠成，“快把铁门打开/迎接太阳的照抚/迎接春天的滋润”，这是所有湛江人迎候春天时的内心渴求与生活期待。

《望楼村的正午》选取了几个细节来反映正午的望楼村所呈现的情态。沿着如雨的蝉声，正午的望楼村进入诗人的思维视线里，一些富有生趣的生活情景便被诗人的目光所捕获，被精巧的文字所传述。可爱的猪仔显得无忧无虑，“小跑的母猪/旁若无人/带走一群儿女”，小孩子则为酷热所困扰，“邻家的婴儿/把哭拧到最高度”，倒是牛的御热能力最强，“池塘里半个身子的牛/闭眼养神”，它靠水解暑，自得悠闲。善用细节是李斌诗歌的一个特色，通过典型细节的选取和组构，其诗意的浓度得到有效增强。

综合来看，李斌诗歌并没有花哨的技法和天马行空的想象，他的诗歌都是取自生活，与地域、与自我关系甚密，显得自然而亲切，同时又充满着情趣和诗味。

湛江生活（三首）

李　斌

高中时代的心情

轻轻一碰
依然面红耳赤
可以算计的纯
透过掌隙
延伸眼光的长度

拨开青青的芒草
轻轻抱住
高中时代的心情
一晃而过
成就一摞新鲜的果实

成熟真是一种美好
香气轻漫　滋润了
时间的肌肤

迎接春天的滋润

春天
潜伏宽阔的南海

爆米花似的裂响
此起彼伏

前些日子　春天
悄悄爬上半岛的海洋

春天贴着土地飞行
有些树保持旧年的颜色
有些树出现产前的阵痛
而水田　卷起裤脚
立体的纯亮充满怀孕的期冀
一切植物要穿起春的衣裳

我们的城市
开始接触春天
奔跑的孩子
把欢乐丢在街头
走远的风筝
戏剧般扭动
感动飞鸟（包括燕子）
在一朵云的宁静下
燕子自由地展示尾部的图形
太阳，经过一个节日的厅堂
把一个“福”字照的金黄日子
注满羽绒衣的温暖

春天来了
一切生命在躁动
水泥匣里的人们啊
快把铁门打开

迎接太阳的照抚
迎接春天的滋润

望楼村的正午

望楼村
定格在正午的蝉声

小跑的母猪
旁若无人
带走一群儿女
风　集结在榕树下乘凉
邻家的婴儿
把哭拧到最高度
无法安睡的热浪
揪住了黄狗的舌尖
池塘里半个身子的牛
闭眼养神

阳光未曾瘦过
望楼村的影子
慢慢倾斜
上工的脚步声
从村头响起

以温情的目光打量这世界

——赵金钟诗歌印象

赵金钟现为岭南师范学院人文学院教授、学报主编，在胡风研究、冯友兰研究上颇有建树，同时也是国内较有影响的诗评家，已在一些重要的学术刊物上发表了不少诗歌批评与理论的文章。他写的诗并不多，但在这并不多的诗歌篇章中，我们能触摸到他热爱生活、热爱大自然的滚烫的心。他的《紫荆花这样开着》《有句话，我要说出来》等诗，体现出其以温情的目光打量世界的独特视角，那拥抱世界、礼赞生活、向往未来的情绪在诗行间汩汩流淌，阅读它们，我们会体验到精神的快慰，获得内心的满足。

《紫荆花这样开着》是对“紫荆花”这一南国独具特色的花卉品种进行的诗性演绎。在诗人笔下，“白天是火，夜晚是歌”的紫荆花无时无刻不充满着奇幻之美。白天，它会“从各自的闺房走出”，“把最美的时刻摆放枝头”，绽放得姹紫嫣红的紫荆花是如此绚烂多彩。“朝霞树树，烟云朵朵”“一团团激情四射的火滚动，燃烧”两句，精彩地描绘出紫荆花竞相开放的盎然风采。如果说诗的第一节着意描摹了紫荆花白天怒放的情态的话，那么第三节则重在表现其夜晚时分的美丽。夜幕笼罩下，紫荆花开始轻轻吟唱，这歌声是“细的，柔的，甜的”，它“以温暖的方式擦拭着人类留下的污渍”。在紫荆花香四溢的小径上行走，细心的人会发现，那里会有“红色的旋律”在“热情地流淌”。诗人以白天为经，以夜晚为纬，编织出紫荆花在各个时段的芳华和风姿。

《有句话，我要说出来》采用铺陈的表达策略，将诗人对生活的热爱、对现实人群的祝福、对未来的向往等美好的情愫隐晦地倾吐出来。诗人要说出的究竟是怎样一句话呢？我们从诗歌中并不能直接找到答案，但我们可以预测到这绝对是一句情真意切、暖人心怀的话语，因为一旦说出它，天空就会变得更为“蔚蓝，澄澈”；一旦说出它，周围的景物也变得更有魅力：“满眼的绿会碾过草原”，“羊儿把自己放在草丛里/八哥在牛角上传递诗句/成群的油菜花幽幽地哼着小曲”；一旦说出它，人类也增添了如许的情趣，“将淡紫与粉红平放在溪水里/溪水与山路结伴而行，鸭子在溪面上愉快地划步”。诗人要说的究竟是哪一句话呢？为什么会有如此大的魅惑与魔力？也许是“谢谢你”，也许是“明天更美好”，也许是“我爱你”，也许是“您放心吧”……总之是一句令人欢欣鼓舞的话，人间如果被这些美好的话语所簇拥，我们的生活不就始终充满着幸福和欢乐吗？

诗是现实生活的一种艺术折射，同时也向我们讲述着存在的奥秘。赵金钟的诗歌给我们带来的启迪是：当我们以温情的目光打量这个世界时，这个世界也会向我们敞开它美丽无比的那一面。

紫荆花这样开着（外一首）

赵金钟

一觉醒来，所有门窗突然打开
紫荆花们从各自的闺房走出
把最美的时刻摆放枝头
大红，紫红，粉红
朝霞树树，烟云朵朵
一团团激情四射的火滚动，燃烧

这南国的精灵
当冬天来临
她们竟开得如此泼辣，如此风流

夜晚，你还能听到她们的声音
细的，柔的，甜的
顶替了聒噪的蝉鸣
以温暖的方式擦拭着人类留下的污渍
笑靥，舞姿，芳香，一齐收敛
收敛成红色的旋律
夜深人静的时候热情地流淌

在遥远的南国
紫荆花这样开着
白天是火，夜晚是歌

有句话，我要说出来

有句话，我要说出来
说它的时候，天将再一次被大雨洗刷
蔚蓝，澄澈，如舒卷于苍穹的梦
一道彩虹斜挂天边
几朵闲云慢慢游走

有句话，我要说出来
说它的时候，满眼的绿会碾过草原
羊儿把自己放在草丛里
八哥在牛角上传递诗句
成群的油菜花幽幽地哼着小曲

有句话，我要说出来
说它的时候，山路要从谷口里漫出继续滑翔
路上弹起的少男少女
将淡紫与粉红平放在溪水里
溪水与山路结伴而行，鸭子在溪面上愉快地划步

有句话我一定要说出
说它的时候，风和日丽

眼中“风景”，笔下诗情

——读钟伟业组诗《季节组曲》

钟伟业是来自廉江市的一位“90后”农村青年，中学时代就热爱诗歌，如今已创作出数量不菲的抒情诗。他的诗以风景描画见长，通过对自然景物的抓取、剪辑、组合和艺术再现，来呈现自我对世界和人生的某种感知与领悟，这是其风景诗的基本特征。组诗《季节组曲》以深秋和夏日为歌吟对象，借助典型化的物象和场景展示诗人敏感的季节之思，凸显诗人追求纯净、明媚与成熟的内在情怀。

风景与诗的联姻，在古今中外的诗人笔下并不鲜见，古往今来，情景俱佳的风景诗也数不胜数。古人云，“登山则情满于山，观海则意溢于海”（刘勰《文心雕龙》），那是因为一切的风景都会和诗人的心灵发生摩擦和撞击，由此生成情感的共鸣和诗意的火花。王国维也指出“一切景语皆情语”（《人间词话》），意思是说，进入诗人笔端的山光水色必然也渗透着诗人丰沛的情感。古代文论家的这些言论既为风景诗的长期存在与不断翻新提供了某种审美合法性，也向诗人和诗歌读者暗示了写景之诗必然也是抒情之诗的艺术通则。在钟伟业的笔下，无论是“闪动的秋光”，还是“易逝的秋景”，以及火红的“夏日”，都不是客观景物的直接描摹，而是诗人将自我的思想与情感投射到景物之上，所有进入诗行的景物都浸透了诗人的主体情思，于是，呈现在我们眼前的所有“风景”都满溢着深情和思绪，一景一物都打动着我们的心灵。

在《闪动的秋光》和《易逝的秋景》两首诗里，诗人选取了许多冷色调的事物来描画，似乎在渲染秋天萧瑟清冷的气息。如

《闪动的秋光》中有“发黄的枯叶”，“寻找洞穴的冷血动物”，“阴险的刺箭”，“有毒”的“诱饵”，“伪装的笑容”，“疲惫的哭声”等，《易逝的秋景》中有“憔悴的荒草”，“残缺零乱的梦”，“忧郁的思念”等，这些景物呈现了秋天令人凄寒和消沉的一面，如果仅仅是这些景物的堆叠，那么诗歌本身的情味是不够的。可喜的是，诗人在描摹秋天上述衰景的同时，更注重从积极的一面来生发，用富有感染力的正面力量扭转秋天的某些负面影响，招引我们在衰败之中醒悟与奋发。《闪动的秋光》最后写道：“请打开那扇通往纯净的门/不管你有多么贫穷”。《易逝的秋景》结尾处有云：“蓝天下永不消逝的事物/坚守住明媚的风景”。这些句子都在诗歌表达中发挥了奇特的艺术功能，既使此前那些萧瑟清冷的气息得以稀释，也使整首诗显得气韵生动、张力无垠。

相比较而言，《夏日情怀》整体上呈现的是一种暖色调。无论是鸟雀的欢快鸣叫，还是南风的轻悠吹拂，无论是阳光的朗照，还是紫藤萝的绽放，都给人温馨和甜蜜之感。而诗的最后，诗人写道：“我以坚守的坐姿/等待秋天的来临/桂花绽放/十里飘香/流溢一种清甜的成熟”，那是对美好未来的守候，那是对生命成熟的期盼。这种守候与期盼不正是一种火热如夏日的炽烈情怀吗？由此看来，《夏日情怀》一题双意，既指人在夏日时生发的情怀，又指如同夏日般的浓烈情怀。这种双重语意，在短短的21行诗句中得到了精彩的演绎和艺术的呈现。

季节组曲（三首）

钟伟业

闪动的秋光

夜雨透过草根潜伏
发黄的枯叶开始沉默

寻找洞穴的冷血动物
惧怕急促的陌生车轮
弯曲爬行着躲避
它始终保持一种坚硬的肤色
宛如地平线上闪动的秋光

鱼不抗拒温柔的水波
池塘里鱼腹向上
黑暗带着阴险的刺箭
那些诱饵有毒

养鱼人暗自忍住忧伤
还未准备预防之时
雾霜把破解的密码
告诉随风摇摆的竹梢
露出伪装的笑容

相信早晨的阳光

撕破狠恶的丝网
网拖着泥巴的伤痕
水禁不住疲惫的哭声

请打开那扇通往纯净的门
不管你有多么贫穷

易逝的秋景

秋阳下　憔悴的荒草
为谁投入所有活泼的元素
独留一身风骨慢慢衰老
午睡的瘦狗不再注意哨声
残缺零乱的梦挂在树上晒太阳
交叉流泻的云从村庄的山岭延伸
直到一个人的静夜降临

金黄的稻谷抒写内心的热烈
电线上的鸟静静观察
行色匆匆的人们喧嚣而去
孤独的羽毛遗落在花丛间
天凉的季节里响起哀歌
鸟巢被游手好闲的人蹂躏
雏鸟永远失去重返森林的机会

忧郁的思念
排列着顺序伫立成树
爬上树上的人
终究难以理解

一只鸟需要的自由和安静

蓝天下永不消逝的事物
坚守住明媚的风景

夏日情怀

夏天的鸟雀在欢乐鸣叫
南风轻轻地吹过窗户
叶子在阳光下成长
从浅黄到深绿
需要多少阳光的滋养
树木已经布满浓荫
影子足够覆盖蚂蚁的巢穴

透过古典的窗棂
我看见一片光明
从树顶降落的明亮
空气中流动的绿色火焰
在眼前燃烧
内心的清凉传遍全身
手中的书本愉悦起来

紫藤萝的花环
宁静地编织火红的岁月
我以坚守的坐姿
等待秋天的来临
桂花绽放
十里飘香
流溢一种清甜的成熟

时间密码与爱情体验

——读陈陟云诗歌《梦呓》

爱情是永恒的生命主题。在这个意义上，诗人就有了将一段情感拟想和设计为任何朝代都可能会出现的充足理由。《梦呓》一诗采用以虚写实的方式，在似梦似幻、亦虚亦实的情景描画中，我们能隐约捕捉到诗人刻骨铭心的一次情感邂逅。

在诗中，诗人拟想的与这个有情人相遇的情景充满着古典韵味，“松间竹影，一幢回形的房子，庭榭环绕”，“桃花在远处”，“万年青的叶子晃动”，“婢女款款而至”，这些古典生活情景的安排赋予有情人奇迹般相遇的那一刻更为深厚的历史底蕴和更为庄重的生命内涵。

为了有效地呈现诗人对这段情感历程的尊重和难以忘怀，诗中反复地启用了表征时间的语言符号。在这些时间语符中，既有去历史化的“某生某世”，又有格外具体的“春意酣然的下午”；既有“万年青的叶子晃动/仿佛一晃万年”，“我的体内，在期待之中盛开温暖的年轮”这样的时间幻觉，又有“一生何其短暂，一日何其漫长”这样的时间顿悟。而在“时间的密码遗落在历代”的叙说之中，我们似乎洞察到诗人超越具体的时间局限对爱情加以普遍性思考的思维动机。

在不同的生命场景中，我们对时间的理解与感知是不尽相同的，因为心理的作用，各个时间对我们所呈现的长度也并不一致。爱情是人类生命中极为重要的一部分，爱情体验的丰富、敏感自然是其他生命体验难以比拟的。这首诗将爱情体验与时间密码相连在一起，用各种时间符码暗示对爱情的繁复感知和深记于心的情感形态。自然，在陈陟云的诗中，对爱情的描写只是思维起点，但远不是表达的终端，也就是说，诗人赋予“爱”的意义不是一维的，而是多维的，不专指爱情，还可能指远大的理想、高洁的情操、执着的追求、坚定的信念等等。

梦　呓

陈陟云

当是某生某世。一个春意酣然的下午
松间竹影，一幢回形的房子，庭榭环绕
我只走一侧
桃花在远处于开与未开之间被我移入脑中
光照暧昧，万年青的叶子晃动
仿佛一晃万年

我和你的相遇这一回该不是梦呓了吧
婢女款款而至
但时间的密码遗落在历代，墙墙林立
铜镜悲情而嘶哑
一尊光滑的柱子，被刻上难懂的图案
失忆总是常态
我的体内，在期待之中盛开温暖的年轮

言辞泛滥的年代，叙述只为某种无从把握的情绪
你我之间，水面辽阔，安静而透明
只有虚构寒光凛冽
只有流水擦亮伤痕
一生何其短暂，一日何其漫长

茶里的文化与情感

——读钟明组诗《吃茶》

品茶是中国人喜欢的一种生活方式，从古至今莫不如此，茶中不仅积聚着中国人的生活情趣，还折射着中国人的精神追求和文化内蕴，因此，古今诗人咏茶之诗极为丰富。钟明也写过一些有关茶的诗歌作品，其组诗《吃茶》就具有一定的代表性。这组诗好在它们不仅是情感之诗，更是文化之诗，是对中国传统文化和民间生活方式的一次诗意呈现。正如钟明的其他诗歌一样，这组诗的情感浓度还是那么恬淡、素净，没有浓墨重彩地对抒情主体心中的情绪进行大肆渲染，而是悠然写来，不疾不徐，宛若奉献给读者的一壶清茶，只有在细细品、慢慢尝中，才能不断感受其间蕴藏的思想魅力。

在古典诗歌中，“茶”亦是点燃诗人的诗情、撩发诗人的感叹的媒介物。白居易《萧员外寄新蜀茶》云：“蜀茶寄到但惊新，渭水煎来始觉珍。满瓯似乳堪持玩，况是春深酒渴人。”这是对“煮茶”情态的艺术写真。卢仝的《走笔谢孟谏议寄新茶》则详细状写了饮茶的过程：“……一碗喉吻润，二碗破孤闷。三碗搜枯肠，惟有文字五千卷。四碗发轻汗，平生不平事，尽向毛孔散。五碗肌骨清，六碗通仙灵。七碗吃不得也，唯觉两腋习习清风生……”因为茶味诱人，诗人一连喝了七碗，每一碗喝下去都产生了不同的心灵体验。可以看出，茶是古代诗人喜爱的事物，也是经常用诗歌来表达的对象，正因为茶既与我们的生活质量相关联，也与文化传统相联系，所以从古至今诗人以它为素材而创作的作品数不胜数。钟明的《茶之道》是一组有个性的诗，无论是“茶之出”“茶之魂”“茶之煮”，还是“茶之饮”“杀青”

"茶之赏"，都可以说是一种过程诗学的展示，即将茶叶放置到它的生长、成熟、产出、泡制、啜饮的过程之中来描绘它的风韵，概述它的精魂，彰显它的文化成色。

例如《茶之饮》，先言其美丽的外形，说它如"仙女"般"灵动锋利"，赛过了人世间一切的美女；再述它在水中的情貌，"水中婀娜"，散发着春天的气息，浸染忧伤的小屋，将茶叶在水中的紫色写活了；接着写初尝的感觉，"你的潮水/向我处女地涌来"，表达的正是那种香醇入心的美好体验；最后是对茶的反刍和回味，诗人运用了多方面的暗示与象征的手法来表现回味茶的美好滋味时产生的纷繁情绪和感觉，"茶韵做的棺椁/命运锈迹斑斑/收藏的纯真/由月光印证/挑明美丽本质/承载一世又一世的苦难"，这几句是这首诗最为出彩的地方，给了我们丰富的联想和启发。

《独啜》《二客品》《吃茶三人行》三首则聚焦"吃茶"的场景，不同的人对茶加以品尝，显示出不同的生活情调和人生体验，但要想写出这种不同的内涵并非易事，必须用心去觉察、感受和体悟，同时还要从文化的深意上做文章。钟明在这方面花了心思，也就把独自品茶、二人共品、三人齐品的不同含义进行了精细的阐发，令人受益匪浅。她从独饮中窥见"独自站立在岁月的乐谱上/悠然散发淡绿的伤感"（《独啜》）的生活情态；从二人共品中感悟到"人生何须　时时牵手/在轮转变迁中/有你在则我从容"（《二客品》）的生命哲理；从三人齐品中体味到知己之间相遇相知的舒爽与畅快："吃茶　你我他/三人成众　独立成王国/明眸皓齿　两袖清风/采罂粟缀于服/一笑则随长风舞于人世之上"（《吃茶三人行》）。这些描述既有文化的深意，又有情感的温润，因此富有艺术感染力。

吃　茶（组诗）

钟　明

独啜曰神，二客为胜，三四曰趣。
——张源《茶录》

独　啜

从一颗最小的绿色音符开始
草叶　小石头　一片不小心掉下的云
纤指在竹节上有序地
由宁静到无

甘津潮舌
在微茫的雾雨上留下脚印
然后隐匿在一个尚未确定的词语上
将叹息打翻

“神”为出神吗
还是惬意后的呆状
思绪疯长于哲学的空白带
听见茶韵上的箫声

再啜饮一小口
我就变成一柄小玉壶了

独自站立在岁月的乐谱上
悠然散发淡绿的伤感

二客品

携手　扼腕
如花开纷纷　芳香散落于涧溪
清冷的心境
于淡漠空灵中微微放晴

拔茅垫坐　拨炭续饮
在灰白的记忆上点灯
把重现的光放进未来
化作一方恬淡

这喜悦
干干净净的一抹
品茶谈诗打谱
两个人酿造适宜的生活
人生何须　时时牵手
在轮转变迁中
有你在则我从容

吃茶三人行

行走
在南方村落
拍鼓　吹笛　唱戏

秋天刚刚发芽
我们就吃成了河道山谷边
娴娴开绽的小茶花

穿蓑戴笠
轻盈的身体内满溢茶韵
夕阳西下
风绿绿地吹
心不再说什么打算
有茶歌吹过
洗涤
这伤风感冒的思想

吃茶　你我他
三人成众　独立成王国
明眸皓齿　两袖清风
采罂粟缀于服
一笑则随长风舞于人世之上

海洋诗歌的多维探索

——梁永利诗歌《私语》等读解

生在海边、长在海边的雷州诗人梁永利一直执着于他独特的南方经验表达和海洋诗歌书写。《私语》这组诗歌也不例外。

当然，用诗歌表现海洋题材和海边的生活经验自然有多种形式，可爱可恨，可写景可抒情，还可以把大海作为背景和表现意义的外壳，比如《私语》这首诗。《私语》也写到了海，但“醉翁之意”似乎不在与海有关的事物本身，而是借海事来抒情言志。诗人通过对熟稔的海边生活的诗意组接，创造出疼痛、欢娱和迷惘共存的特殊感官，似乎在喃喃私语里诉说着自己数十年南方生活的遭遇和信念。那些死鱼一样“浮在海面”的诗正是诗人特殊时节特殊心境的象征，也是诗人笔下的大海露出的另一副面孔。

《我无所适从》似乎是在用隐含的线索叙述着一个“我”与“渔女”的爱情故事。故事由温馨直至凄美，诗句也从浪漫变得沉重。因为渔女，“我开始接受海风的腥味/以及鱼鳞的亮光”，“只因青衣　我才赶上了初潮”，同样是因为青衣（渔女的别名），面对“爱海”，“我无所适从”，在此，故事走向结局或是终止。是爱情的埋葬也好，是生命的消失也罢，都与这片海有关，大海及其相关的海洋符号在这里成了诗人情感的载体，结局的缺憾使诗人的心跟随海浪一同起伏翻滚。应该注意的是，不规则的空格造成的诗行视觉效果在这首诗中真正成了一种“有意味的形式”，它配合着摇摆漂浮的诗情，恰如其分地表现了诗人“无所适从”的心理状态和情感走势。

《海妖在台风中登陆》用细腻的感知和诗意的描述写出了海

边的常客——台风的肆虐可怖。将台风比拟为海妖，多少受到了原型思维的启发。台风代表着破坏，裹挟着死亡，这本是这个自然现象给人的大众化印象，但诗人却构想出“海妖”与“渔夫”的一段生死爱情故事，不禁让人称奇。只可惜最终渔夫“葬身鱼腹”，“海妖被一棵大树刮了胸膛”，渔夫的小屋前铺满“一条血路”。悲惨的结局将人的注意力从爱情故事的凄美拉回到台风肆虐的破坏性上，从而增强了诗歌的现实表现力度，凸显出诗人关注现实苦难的人文情怀。

大海历来就有多副面孔，它有宽广的胸怀、丰富的供给，有蓝色海水的浪漫、金色沙滩的柔软，但同时它也是吃人不吐骨头的恶魔，是众多灾难的源头。海边的生活是很多人向往的，但也需要勇气和智慧，对这一生活方式的诗意把握自然不可能是单一的赞美。梁永利注意到了这一点，他的海洋诗歌写出了海的多样情态和海边人对海的全面感受，爱恨交织，水陆互溶，这是诗人对特定题材诗歌创作的多维探索，也是诗人面对一个特殊审美世界所作的全方位的诗意呈现。

私　语（外二首）

梁永利

赶路的人们
离开绿荫　忘记盐的好处
在南方
我朝着一个方向　好比海水
海水不会倒流　一块一块的岩石
割下泪痕　黑色真痛
一朵浪发送给海岸

几颗牙齿
今夜　缆绳串起脚印
它能醉舱底的月光

这个冬天　鱼的心静止了
我的诗浮在海面
浪层层扑来　私语不是海鸟的专项
情人移开影子
海汊边残余的事情
谁清楚

我无所适从

我无所适从
海在另一季节　褪去
青衣　青衣是渔女的别名
她曾在海边
种植了二十二棵椰树
最后　椰树的辫子泛青
我开始接受海风的腥味
以及鱼鳞的亮光
它们不在乎我的眩惑
只因青衣　我才赶上了初潮
一同远迎梅雨　在朝海的家门
烟岚飘走　飘走椰树下的眺望
我不会写下青衣的名字
海浪翻涌中　几万吨的呼唤
穿透铭心的青色
这样的爱海啊　我无所适从

海妖在台风中登陆

东经 117　北纬 17
这是一个海妖的世界
在陆地　我的耳朵
成了喇叭　海上的旋风
以每秒 120 公里的风速
前进在我们跳动的心脏
我从黑夜开始
从一棵棵大树开始
掩盖着许多不断动摇的植物
摸黑时刻
海妖毫无情面
把即将下卵的鱼摔死
所有的船舨都铺成她登陆的路
直至东经 120　北纬 19
海妖便潜入到我的风信网
她带着怒气　寻找往年的萍踪
不过是与渔夫的誓言
不过是一次儿戏的情事
多少次葬身鱼腹了　风说
这渔夫　也经常对着海
作惊天动地的胃痛
天渐亮　我看到
海妖被一棵大树刮了胸膛
一条血路通往渔夫的小屋

命运哲学的诗意象征

——聂予诗歌《命星》《过失》解读

聂予原名聂舒，至于为何要舍掉“舍”字，是为了保守低调平淡的心境，还是追求某种特殊的意义，或者干脆就是一时兴起，不得而知，也无须深究。

不能知人论世，尚可就诗论诗。

先说《命星》。三节诗包含着两层变化。一是人称暗转引起的视角变化，第一节中的“我”指的是“命星”，后两节中的“我”才是主人公的自指。同样是第一人称的“我”，一引语一直陈，实际上实现了人称和视角的巧妙暗转。这种暗转在一定程度上增强了诗的变化性和立体感。二是关注点变化导致的诗境与诗意的层进提升。诗的第三节由单独的个体“我”推演到“每一个人”“所有生灵”，这就使得诗歌的象征内涵不再是一己哀怨的宿命式抒发，而是具有了普遍主义的命运哲学意义。《命星》提出了一个看似虚妄却十分严肃的问题：我们每个人头上都有一颗高悬着的“命星”，它的运行轨迹不是我们能操控的，单薄而渺小的个体生命和同样弱小的人类群体能挣脱无所不在的命运之“网”的围捕吗？能避开蕴藏着巨大能量的命运之“石”的袭击吗？如果我们带着“人定胜天”的盲目乐观，答案简单而肯定。但如果我们把人类的姿态稍微调低一点，问题就复杂了。《命星》所透出的人生忧虑和命运思考显然不能用消极来定论；相反，它是理性乐观的科学认识，是反思和自省精神的体现，当然也是神秘哲学与象征诗学融合的一次实验。

再看《过失》。第一节一开始就用一个富有戏剧性的情节设计出“我没向路过的石化者问好”的“过失”。第二节道出了人生布满“密密麻麻的警报线”的可怕事实，紧接着用两个“他们说”列举出社会规范、社交原则对人的“塑造”，具有谨小慎微、明哲保身等强烈的儒家文化色彩。如果前两节是自我书写，后两节则是普遍意义；如果前两节是现实陈述，后两节则有明显的象征意味。第三节用“危险的棋盘”象征充满过失的人生，用“没有棋手的棋子”象征盲目卑微的生命个体，而“因果律”则是人生命运的哲学表述。最后一节写道：“骰子日夜不停地滚，/轮到谁，谁就去死。”诗人把人生当成一场生死游戏，将“死”当作“过失”必致的最后结局。有趣的是，整首诗强调的对过失的避免并不是刻意要追求完美，而是要突出微小的不可避免的过失对整个人生命运的致命危害，以及这种危害的不可预料和不可抗拒。

综合来看，两首诗都暗示着人生的某种命运，前者神秘而无法阻挡，后者明晰却无可奈何。《命星》与《过失》颇能代表作者的此类诗作，既具有较强的哲学意味，又有着明显的象征主义色彩。

命　星（外一首）

聂　予

“凝视我，你会受伤！
没有比我更大的威吓，
没有比我更暗的光线。”

它在云端吹下风来，
让我飘过一条条深渊。
它是我的命星，

是捕捉我的网，砸死我的石块。

它不是我一个人的星，
那么巨大的力量，
不会将祝福及于每一个人，
但会将黑暗压向所有生灵。

过 失

我没向路过的石化者问好，
或许我问了，他没听到。
我像一只拖把擦着碎渣，
几乎要冲回走廊，
假装再次照面，滔滔不绝……

哦，过失！密密麻麻的警报线，
我一生避开它行动，
习惯性地踮着脚尖。
他们说："不要犯错！
你会受伤，你会自取灭亡。
你是一只红蚂蚁，
要在谨慎中度日。
要在脸后装上镜子，
映照他人的不宣之密。"
他们说："要当心在上者的训斥，
从勇者身边绕过，
远离邻人和没有阀门的人。"

危险的棋盘啊，覆灭只差半步，

我是没有棋手的棋子，
只能左右顾盼，小步地挪移。
我的生命中没有不可解释，
因果律像格子排列得整整齐齐。

但是我们知道，只是不信，
死既不宽宥周全，也不宽宥过失，
骰子日夜不停地滚，
轮到谁，谁就去死。

钟情于悲情与颓废之美

——读黄奇超的几首诗

黄奇超是一位很年轻的兼职诗人，他跻身诗歌写作的时间不是很长（2008 年开始在网上发文），一直以“太奇”的马甲在江山文学网等网络文学世界潜行着，而且似乎已经在江山文学网“混”得小有名气了。“太奇”以“诗风沉郁、冗长”进行自我总结，在我看来，他的很多诗歌倒是表现出了对于悲情与颓废之美的某种钟爱。如本文要论述的《今夜，重新写诗》这组诗。

《今夜，重新写诗》弥漫着一种难以言说的飘忽不定的情绪。“我从骨头里抽出笔/蘸着自己的血液”重新写诗，这个开头既惊悚又令人钦佩。“重新”，可能是对一度中断的写作的继续，也可能是对过去的写作与人生的否定和重造。我们从一些关键的词语如“疼痛”“远”“诅咒”“黑暗”“踩踏”“遗忘”中感受到在这首诗的字里行间有幽怨，有虚无，有清醒，有自我解剖，全诗就是一种隐秘心志和情感的现代主义式的展现。

再来看《半截蜡烛》。据统计，唐代写到蜡烛的诗有近七百首，蜡烛成了内涵丰富的意象。“春蚕到死丝方尽，蜡炬成灰泪始干”“何当共剪西窗烛，却话巴山夜雨时”等都是人们耳熟能详的诗句。此诗将诗题定为“半截蜡烛”，蜡烛具有的温情缠绵的气氛和内涵几乎被一扫而空，残缺的意象无疑先暗示性地给读者几分悲情。诗人以“来自远唐的哀怨”撩拨起内心的诗情，聚焦蜡烛的火焰与光亮，化实为虚，以冷静的姿态旁观“盛世的沧桑”，转眼投向“浮华”背后的“悔恨”与“茫然”，最后以“大唐的断壁残垣”作结，起于“哀怨”，终于“断壁残垣”，诠释了“半截蜡烛”引起的悲情心境和承载的文化意义。

《复苏的冬天》是对一个季节的叙写，也是某种心境的呈现。在酒中苏醒的寒冬仍然具有“冬”的季节本性，寒冷、沉寂、萧索、严酷，给诗人内心狂乱、情绪悲戚的心理反应。所以在诗人的冬日世界里，道路漫长无边，冬风“面无表情”，“残叶”铺满来路，群山不停地“悲号”，景和人都涂上了这个季节特有的色彩。作者故意屏蔽了冬天所具有的令人向往的美感，以另一副笔墨审视冬天，也足见悲情主义和颓废倾向的审美偏好对作者的影响了。

当然，对于文学而言，并不是说悲情与颓废就一定不好；相反，有时更能引起人的共鸣，更具有审美的和现实的力量。但应该注意的是，悲情与颓废要有深刻的社会根源和真切的个体经验，就是要有真正的来源，而不是一时的消沉、一味的消极。如何在沉潜的个体表达和唯美的诗化语言中注入更多诗学的、社会人生的内涵，是我对这类文学的期待，也是对年轻的诗人黄奇超今后此类诗歌创作的期待。

今夜，重新写诗（组诗）

黄奇超

我从骨头里抽出笔
蘸着自己的血液
疼痛。欢悦。摇摆着欢笑
婆娑的树影。那么远
谁的指使
让我脚踏在柔软的石块上
温柔的疼痛融进我的眸
我的灵魂。花开的声音

我诅咒的语速没缓下来
依然是向西的方向
我背对着太阳。抓些黑暗的种子
在白炽灯下栽培成树
直到启明星敲响我的门
掀开我的帘。控诉我的无知
踩踏我的骨头和灵魂
像梦一样。醒来
便遗忘无痕

半截蜡烛

来自远唐的哀怨
点燃心里的那团火
血红的身躯承载了盛世的沧桑
滴落掌心的悔恨和控诉
那么远的风。成群赶来探望
千年的缱绻，在帘卷深处
微弱地睁着眼
昏黄。茫然。熟悉
像望见衣裙飘飘
大唐盛世的满世浮华
大唐的断壁残垣

复苏的冬天

寒冬在一杯酒的温度中苏醒
屋檐下的玉米棒相继暴走

一颗心的温柔呵护不了狂乱的心
好长的路。斑斑点点的足迹
在雪地。在黎明的纹路里
窥见两个小脚丫。嬉笑阳光的苍白
讥讽大地的柔软
一阵白色的风。面无表情
清扫满路的残叶
和群山此起彼伏的悲号
相呼应

用平常心参悟自然的奥妙

——读陈婵英的几首诗

陈婵英其人我并不认识，万能的百度也没有抓取到关于这位作者的丁点信息。不过从转来的一沓诗稿来看，她应该是勤奋而执着于诗歌创作的。陈诗多写童年、家乡、自然，此处选出的三首诗正是诗人赤裸着自身与自然的一次“亲密接触”。

《夜白昼》营构了一幅月光朗照、夜明如昼的充满柔情的画面，在这样的诗意笼罩下，首节中“月光人”的等待与“夜归人”的归家形成全诗的核心情节，内蕴着一定的诗歌张力；而末节，“月光人”的主动寻找与“夜归人”的缺席隐退又让这一情节的最终结局变得不可预测，从而增强了全诗的内涵，给读者留下可资回味的猜想与空白。

《风从哪里来》较之《夜白昼》就显得直白一些。全诗仅一节，开篇提出一个看似不需要回答的“傻”问题——“风从哪里来”。诗的前半部分用拟人的修辞手法写出了风的各样情态，有空间的转换，有时间的变化；后半部分再次重复开篇的提问，末尾用猜度的语气作结，也算是一种回答吧。如果说这首诗尚有一些韵味，这韵味一定产生于最后：风到底从哪里来？又往何处去？“可是从我童年的海上来/可是回我梦中的故乡去。”此两句提升了全诗的境界，将这首诗从前半部分的“童年智商”的“单纯”上升到对童年的怀念和对故土的向往，而这种怀念与向往是与一定的人生阅历相匹配的。

《六月的田野》是对收获时节的南方田野的全方位描述，蝉鸣、稻子、苦楝树、青草、风、木麻黄，渐次显现的南国意象加上“稔熟的六月里”稻海泛起的“层层金黄”使诗歌在景象的拼接中显现出较强的田园魅力和乡土气息。

正如你已经感觉到的一样，这几首诗都是亲近自然的，如昼的夜、轻轻的月光、行踪漂浮的风、聒噪的蝉鸣、成熟的稻子、孤单的苦楝，还有多次重复的树，以及蝴蝶、燕子、山岗、原野、海、青草、高坡、木麻黄，这些反复出现的自然符号已经透露了作者的秘密；这几首诗的表述方式和艺术技巧是朴实而平凡的，作者好像一个不事粉饰装扮的村姑，在月下风中的田野去体验孤独、感受喜悦，极其自然地用一颗平常心去参悟自然的奥妙，至少有这样的企图吧，至于能否得以实现，那就要看读者诸君的评判了。

夜白昼（外二首）

陈婵英

轻轻的月光洒满屋后的路
树的阴影缓缓挪移
月光人坐在树桠间

我静悄悄地迈步
朝向你回来的路
啊，茫茫的夜白昼
夜归的人
你的呼唤在前方
你的脚步在身后

风从哪里来

风从哪里来
又往哪儿去
走过山岗
又走过原野
在树的枝头歇脚
又摇着树梢飘去
你吹得蝴蝶在低舞
你吹得燕子在旋飞
风儿，你到底从哪里来
又往哪儿去
可是从我童年的海上来
可是回我梦中的故乡去

六月的田野

五月里聒耳的蝉鸣消失后
人们便永远忘却了
这一年声嘶力竭的
然而却是最欢快最热烈的歌声
烈日开始曝晒即将成熟的稻子

孤单的苦楝树默默地守候着
田垅上的青草静静地等待着
风无声息地从高坡上吹来
木麻黄轻摇着臂膀送它过田野

稻海里泛起了层层金黄
那景象是这般的美丽动人
而又是这样快的转眼消逝
消逝在稔熟的六月里

水与火的缠绵

——读陈陟云《月光下海浪的火焰》

陈陟云虽然不是严格意义上的湛江本土诗人，却一直和湛江诗歌和文化界有着紧密的联系，而且他还在湛江度过了求学时代。这位法官把他的夜晚献给了诗歌，写出了不少高水平的诗作。《月光下海浪的火焰》便是他奉献给读者的又一个精品。

“江畔何年初见月，江月何年初照人”，这“未知何朝之月”代表时间的永恒，月光又是诗意笼罩的绝美衣纱，水与火的缠绵就在这层薄纱弥漫下展开。大海是一个开阔而鬼魅的舞台，海浪与波涛是生命的节律，水滴则是一个个孤独的生命个体。火焰是充满激情的生命形态，有爱恋，有生死，有一切燃烧后注定要熄灭、湮没的东西，火焰的燃烧、熄灭直至湮没的过程正是爱恋、生命、宇宙等一切事物必经的过程，这是自然规律内定的宿命。

诗中两次浓墨重彩地写到了“爱”，一次是月光下的海边“两滴水的缠绵”，浪漫而唯美；一次是“心脏的某一处海边，也有两个相爱的人”，玄奥而深刻。但这首诗就是纯粹写爱情吗？当然不是！爱情不是人生的全部，爱的缠绵只是生命燃烧的一种方式，所以爱的吟唱背后是人生的书写，是生命的诠释。跟陈陟云的其他不少诗作一样，这首诗也是借爱情的独特体验来作超越爱情单纯内涵的综合审美表达，说它是“以爱言志，借爱抒怀”之作大致是不错的。

这首诗的结构也耐人寻味。全诗以“画轴展开时，你须在现场/随即入画”开篇，最后以“画轴收起时，你还须在现场，不可随画而去”收束，画轴的“展开”与“收起”是生命的整个流程，也是诗歌起笔和终止的标志，自然而完美。“入画而不出画”的人物安排别有韵味，“你”的“在现场”是“我们”生命轨迹的见证，是青春、爱情、生命乃至整个宇宙燃烧后留下的痕迹，即使湮没也仍然存在。而在开场之后结束之前，充满着情节与情感的起伏变化，从月晕下海面上永无休止燃烧的火焰，到两个相爱的人由“海滩”至“地层”的缠绵，再到开阔海面背后的“星系和宇宙”，再到人的宇宙和心脏的“海边”两个人的相爱，最后到火焰与爱的完美融合。

在精巧的“设计”中展开诗意言说

——细读陈陟云《月光下海浪的火焰》

新时期以来，文本细读（close reading）一直是新诗研究的重要方式之一，这种研究方法至今方兴未艾。所谓文本细读就是立足文本的内部构造，对文学文本进行逐字逐句的研读以发现文学的深层意义和艺术独特性。这种研究方式对研究者的鉴赏能力、感悟能力与语词把握能力提出了较高的要求，审美感悟力不够、语言把握能力不强的人，是没办法进入诗歌文本内部的，也就无法准确使用文本细读的方法。同时，对新诗文本和新诗读者来说，文本细读应该算是一种极负责任的研究方式，它通过穷究诗歌细部纹理处的意义脉络，既体现出对诗歌文本本身足够的尊重，又体现出对诗歌读者的系统引导和细致启发。当然，考虑到历时不到百年的中国新诗在内容表达和形式建构等方面都还不成熟，具有较大阐释空间的文本也并不丰富，因此，进行文本细读时，对新诗文本的选择是需要慎之又慎的。一般来说，只有那些意义丰厚、语言含蓄的诗歌作品，才适合拿来进行文本细读，那些语词直白、意义单薄的诗歌则并不适合。陈陟云《月光下海浪的火焰》一诗语词典雅，意象丰沛，表意含蓄，结构精巧，是可以用来作为文本细读的案例的。通过细读，我们一方面能疏通诗歌内部的意义条理和情感路线，另一方面还能将诗歌独具特色的艺术个性揭示出来。

这首诗是从一卷“画轴”开始写起的，“画轴”的出现仿佛给诗歌的意境创设布置了一幕别致的景深：

画轴展开时，你须在现场
随即入画。

按照诗题暗示，诗歌重点的烛照对象应该是月光下的大海，是那片集偌大的宁静与偌大的喧嚣于一体的特定地域，但诗人没有一开始就将“大海”这个主体形象铺展在我们眼前，而是选择“画轴”为写景的切入点，这是耐人寻味的。从“画轴展开”到作为目击者乃至亲历者的“你”的“随即入画”，这都显示了诗人对诗意描画的某种设计性，“画”作为一个有一定的尺寸安排和空间限制的物件，它显示着诗人对生存空间和生命时间加以“截取”的特性，它告诉我们：接下来的故事发生于某个具体的时间段落和空间段落上，出现在某个可见的具体生命上，绝不是荒诞无稽的空想，也绝不是和人生无涉的无意幻觉。“现场”一词则意在强调对下述内容的亲历性特征，凸显了诗中情景的可感性和真实性效果。

面对一生中极少提及的大海
未知何朝之月，拖曳着如此巨大的月晕
时光难得比月光宁静
波涛未必比生命汹涌

“大海”在这里出现了，因为有前面的诗句引导，这里的“大海”定然是某个画轴中的“大海”，它是美的，打上了人工印记，是被设计和安排的，同时也是具有开阔的阐释空间的大海。“面对一生中极少提及的大海”，平时很少提及而在此时被“提及”，足见大海此刻所拥有的重要地位。大海纵然重要，但没有其他事物的映衬，它注定是孤独的。只有被周边事物所簇拥，所环护，所映照，大海才真正体现出丰富的情韵和意趣。诗人紧接着写到了“月”，写到了“月晕”，这月由于“未知何朝”，因此更给人神秘之感。“月晕”是光与影的交织，是月和云的连体，这神秘的月晕现于大海之上时，由于“未知何朝”的这种时间未明性，以及因时间未知而带来的神秘莫测，不觉撩发了诗人关于时光和人生的无限感慨：“时光难得比月光宁静”，“波涛未必比生命汹涌”。在这几行诗里，海月相映的画面安排也显示着诗人对笔下景致的某种设计性，设计意味着选择，或者说意味着取舍，这种选择与取舍来自前面“画轴”一语的事先筹划，同时也为后面的景物展开铺垫基础、创造条件。

月晕下的海面，是滚滚而来的火焰
发着浅蓝色的暗光，燃烧，熄灭，湮没
无休无止的火焰！无休无止的燃烧，熄灭和湮没

从遥望月晕到近观大海，这体现着观察者关注焦点的明确挪移。对月光映照之下大海景观的近距离凝视，观察者出人意料地发现了“火焰”，“滚滚而来的火焰”，这是海水的另一种生命情态吗？现实的海水摇身变为诗歌中的“火焰”，这又显示着诗人对眼前之景的有意设计。在诗人的有意设计下，这“火焰”尽显奇特之貌，它发着浅蓝色的暗光，不停地燃烧，熄灭，湮没，反反复复，无止无休。这奇特的景物自然是孕育着奇特故事的所在。这充盈着活力的火焰般的海水构成了一种神奇的召唤性力量，它为人类的前来蓄足了势能，它为此后的诗情开设了航道。

请选择一个时段，譬如公元二十一世纪的某一年
最好是夏天，最好是子夜时分
两个相爱的人，像两颗撞击的水滴
溅落海滩。

世间景物再优美，再独特，要是没有人类的造访，都将是意义缺失的。只有人类入住风景之中，成为风景的一员，与风景发生了密切的关系，风景才呈现出切实的意义，人类也得以找到了

生命的诗意栖居。诗歌至此才出现了人，也交代了具体的时间。“请选择”一句，暗示的仍是诗人对故事的某种设计性意图。“请选择一个时段”的吁求是对此前“未知何朝”这种时间未明性的挑明，是将先前那个去时间化的“画轴”签署上时间的款识，“公元二十一世纪的某一年”“夏天”“子夜时分”这些时间符号的出场，让一种似乎超越历史的情景涂染上了“当代性”“现时性”的意义底色。接下来出现于画面中的人并非平素之人，而是“两个相爱的人”，相爱使他们处于一种非同寻常的生命状态，正因为生命状态不同寻常，他们才有可能感受此刻大海上的神迹，也才会经由大海上的壮观景象反观到自我生命的精彩丰盈。相爱的人“像两颗撞击的水滴/溅落海滩”，他们因为相亲相爱而心潮澎湃，从而与大海的节奏相应和，他们因为形如水滴，又与大海具有了同构性。总之，他们与眼前的大海构成了对话关系。因为有对话，他们才与大海互相往来，彼此生发，在此基础上才会出现下述有关宇宙人生的各种丰富的体验与妙悟。

生命的短暂，不可遮蔽相爱的久远
两滴水的缠绵，从来就不是一种短暂
如来自寒武纪两丝蓝藻的纠结
深入地层，还会构筑另一种相传的方式

这是对出现于海滩之上两个相爱之人所具有的生命情态和内在意蕴的随感而发。生命短暂而爱情绵长，这种人生辩证法写满了历史的许多书页。正因如此，水的缠绵才永远不会被时间的刀斧所砍伐，不会被岁月的尘烟所掩埋。它将不断伸展，始终延续，即便“深入地层，还会构筑另一种相传的方式”。

此时，月光是唯一的映照
以点，以束，以片，以慢镜头的动作
展开事物的可见性

笑容可见，掌纹的走向可见
甚至发际的暗香、脉搏的起伏也清晰可见
唯独世界消隐，记忆消隐

在短暂的联想之后，诗人又将笔触转移到有关相爱之人的叙述之中。在上述这几行诗中，诗人采用了镜头推移的摄影技巧，将相爱之人的生命情貌全息曝光。“笑容”“掌纹”“发际的暗香”“脉搏的起伏”等，都是诗人有意选择和安排的“可见”之物，其设计性意味也是显明的。诗人还以世界与记忆的“消隐”来衬托恋人的“可见”之处，将爱的力量进一步放大。

两个影子的重叠，犹如两片叶子的抖动
惊栗于错过而不曾相遇的假设
惊栗于火焰的熄灭和燃烧
惊栗于十指的紧扣，是两束忧伤的根须
在泥土深处锁闭的纠缠

如果说此前对两个相爱之人的诸多描述只是一种节奏平缓的抒情调式的话，那么诗歌到此就可能有了转折，有了突变，节奏的突然变化自然给人造成了某种急促和紧张之感。三个“惊栗于”引导的诗句的铺排将相爱之人情到深处又将复归常态时的内心纠结精彩呈示。“错过而不曾相遇的假设”“火焰的熄灭和燃烧”“十指的紧扣，是两束忧伤的根须”从相识前的生命遗憾、眼前大海的汹涌不已和主体内心的异常繁复等不同层面，展现出相爱之人心灵世界的斑驳图影。

而展望海面，月光的开阔就是情感的开阔
滚滚而来的火焰背后，就是滚滚而来的星系和宇宙
以及宇宙之外的无边，无人敢于想象的高远
或许，两个人也就是两个宇宙

血肉、经脉、骨骼和气息，构成体内的星系
细胞和血液的星体，以运转形成平衡
以生生灭灭形成新陈代谢
心脏的某一处海边，也有两个相爱的人
缘于月光的缘由，以探寻的目光
仰望我们身体的宇宙

陈陟云的诗歌总是显示着收放自如的艺术表达功力，这首诗也不例外。在上述几行诗句中，我们发现诗人叙述视点的迁移，由此前聚焦于两个相爱之人很自然转入关于人与世界关系的诉说之中。"而展望海面，月光的开阔就是情感的开阔"，"展望"意味着眼光的放远，意味着思绪的重新开放，由于思绪再度开放，观察者才意识到月光与情感之间的密切关联，才意识到眼前世界之外还有着更为广阔无垠的世界。这是望远镜式的思维形态。随后，诗人又以显微镜式的思维方式观照到人类主体的不寻常意义，"或许，两个人也就是两个宇宙/血肉、经脉、骨骼和气息，构成体内的星系"，对个体这样的"内宇宙"进行了诗意阐发。更为巧妙的还在其后，"心脏的某一处海边，也有两个相爱的人/缘于月光的缘由，以探寻的目光/仰望我们身体的宇宙"，这种"内宇宙"中还有人类生存的联想，实在是不遵常理，令人匪夷所思，而又不得不令人拍案叫绝。如果说全诗体现着"画中画"的环套式结构的话，那么此处"人中人"的环套式结构是与之相应的，这不能不说都来自诗人独具匠心的精巧的艺术"设计"。

其实，两个具象的人，只是一个角度的参照
坐于海边，便是坐于物质的有限可见和灵魂的无限深远
两个相爱的人，只是两颗瞬间的水滴
在一个夏天的子夜，他们的爱情
被赋予月晕的色泽，留给疏忽的目光和删减的情节
他们的耳语，以丝绸的质地，在后人的海风中飘拂

他们对待事物的方法
是看着月晕下滚滚而来的火焰，燃烧，熄灭，湮没
然后，伸手紧握相爱的久远

在这几行诗中，诗人进一步将思维拓展，将此前详述的两个相爱之人的具体性抽空，代之以带有普遍意义的读解和诠释。“两个具象的人，只是一个角度的参照”，“参照”意在指明，诗中对两个相爱之人聚于海边的情景描画，只是出于诗人的某种有意“设计”，是为了凸显生命短暂而爱情长远、“物质的有限可见和灵魂的无限深远”的宇宙辩证法则。

画轴收起时，你还须在现场，不可随画而去

这是全诗的最后一句，它独立成节，与诗歌首句构成呼应关系，同时也扩充了诗歌的意义空间。画轴展开与收卷的首尾写照使整首诗的情景展示体现为一种环状的锁闭结构，预示着抒情主体陈述的完整性和诗意表达的完整性。同时，“你还须在现场，不可随画而去”的交代，又给人一种余味无尽的感觉，它意味着，还有更多的画面会随之而来，你也将受到召唤，“随即入画”，于是，新一轮的自然观照和生命思考重新启动。如此的结构“设计”，便使这首诗成为一首循环播放的经典曲目，乐音辗转，经久不息。

成熟的诗歌应该是一种具有精心“设计”性的诗歌，这种“设计”，正是成熟的诗人必须具备的艺术技巧的直观反映。臧棣曾对诗歌表达中技巧的重要性给予过充分肯定，他指出：“在我们所卷入的‘与语言的搏斗中’，技巧是唯一有效的武器，是表达从语言对它的纠结中解脱出来的最后手段。在根本意义上，技巧意味着一整套新的语言规约，填补着现代诗歌的写作与古典的语言规约决裂所造成的真空。”他甚至认为，技巧的有无决定着现代诗的成败：“很难设想，没有技巧，现代诗歌的文本会堕落

成什么样子。如果我们谦卑些，那么也不妨说，写作就是技巧对我们的思想、意识、感性、直觉和体验的辛勤咀嚼，从而在新的语言的肌体上使之获得一种表达上的普遍性。”（《后朦胧诗：作为一种写作的诗歌》）以上通过对《月光下海浪的火焰》一诗文本意义的系统读解，展示了诗人对个中内容精心筹谋和“设计”的一面。而在诗歌语言使用和情景组合等技巧层面，诗人也是颇费心机的，也是作了精心安排的，虽然这样的安排有时是有意的，有时是无意的，但也值得加以阐发。

我们知道，现代主义诗歌往往会将意义相反或相对的诸多辞藻、多种情景交织在一起，构建出气韵生动、激荡不已的话语场，由此生成充满张力的艺术空间，产生让人常读常新、阐说不尽的旨趣和妙味。陈陟云《月光下海浪的火焰》这首诗里就有不少意义相对的词汇与情形，它们共同出现在一个诗歌的界面上，持续地摩擦、碰撞、互逆，对话不已，纠缠不清，相互否定又相互肯定，以此形成语意繁复的诗性世界。正因为有这些相对抑或相反的词语和景致共同存活在诗行之中，才构成了这首诗意义不断变幻、永远挖掘不清的典型文本，读者对其作出的阅读就不可能一次性完成，或者说永远也无法完成，每一次的阅读都可能是一次新的艺术之旅，每一次阅读都将生出新的理解与感受，都会有新的发现和领悟。在这个基础上，我们说《月光下海浪的火焰》是一首言说爱情的诗，或是一首有关生命存在真意的诗，或是一首关于月光下大海景观的自然诗，或是一首关于宇宙奥秘的玄思之诗等，似乎都有道理，似乎都能找到足以立论的诸多证据。因为那些相反相成的力量的不停冲撞、牵扯、分化、重组，《月光下海浪的火焰》的内在意蕴事实上始终处于不定型之中，始终在发展和变化着，我们也许永远都将阐释不尽，挖掘不完。这种将意义相反或相对的诸多辞藻、多种情景组合在同一诗章的艺术安排也可以看作这首诗的另一重精巧的“设计”。

虚实相间是该诗第一个值得关注的矛盾性情景设置。在诗歌创作中，以虚写实，或者以实写虚，都是极为常见的表达策略，陈陟云的诗歌可以说将这种虚实相生的艺术手法发挥到极致，《月光下海浪的火焰》通篇都是虚与实联袂而出、相互掩映、彼此生发的情景写照。从标题上看，月是实的，光是虚的，海浪是实的，火焰是虚的，这样的虚实组合构成诗题，本身就给人奇幻之感，让人顿生丰富的想象。在诗歌中，画轴的设计、时光的写照、月夜的描画，都可以说是虚实相生的情景处理。诗歌一开始，“画轴展开时，你须在现场/随即入画”，似乎有一幅画面在眼前展开，你不得不沉浸其间才能领受随之而来的神奇。然而画面不过是诗人的一种有意设置，是基于隐喻层面上的有关海上世界的巧妙描述，是一种实则虚之的笔法。大海如画的诗意诉说，在虚实相生的艺术逻辑中，借助阅读者的主体认知而构筑起一个相对稳定而封闭的情景场域，有了这个相对固定的情景场域，月光、海浪、火焰、恋人才可能笼聚和接洽在一起，构成一种可以阐发的意义链条。再如这两句富有哲理性的话语，“时光难得比月光宁静”，“波涛未必比生命汹涌”，也是虚实相生的典型例证。月光的宁静是实，时光的宁静为虚，以月光写时光，正是以实写虚；大海的波涛是实，生命的波涛为虚，以生命写大海之“波涛”，正是以虚写实。虚实掺杂，虚实互照，使整首诗显得气韵生动，诗意盎然。

时空交错是此诗另一个值得关注的矛盾性情景设置。时间的有与无，空间的有限与无限，在诗中呈现出一种繁复交错、纠缠不清的复杂关系，令人产生历史与现实重叠、当下场域与未来场域复加的亦真亦幻之感。诗中最初呈现的“月”，是“未知何朝”之月，这种去时间化的写照，表明了月挂中天的亘古性，令人不觉生出“江上何人初见月，江月何年初照人”的万千感慨。而后，诗人又以“请选择一个时段，譬如公元二十一世纪的某一年/最好是夏天，最好是子夜时分”的祈使句，让月夜有了明确的时间身份，这种有意作出的时间标记，为此后出现的两个相爱的人欢聚海滩的情景找到了现实的注脚。在后面，诗人又写道：“两个相爱的人，只是两颗瞬间的水滴”，“瞬间”一词所含有的短暂易逝之意，对此前标画的具体时间符号加以悄然解构，它暗示着现实的时间终将为历史的时间所替代，具体的爱情场景终究会如过眼云烟，只有爱情的真意才会与日月长存。在空间设置上，诗人也匠心独运。“画轴”的布景安排将无边的大海有限化，也将漫无边际的思绪作了有效的取舍和剪裁。“月晕下的海面”一语也是对大海的一种有意装裱，是用时间对空间进行的修饰和限制。还有“月光是唯一的映照/以点，以束，以片，以慢镜头的动作/展开事物的可见性”，“点”“束”“片”的空间性内涵是借助时间性的变换（慢镜头之“慢”）而呈现的，或者说是时间空间化的展示。时间的晦暗不明，空间的有限与无限莫辨，时间与空间之间的盘根错节，使此诗的人生内涵和宇宙深意更显浓郁而深隽。

此外，水与火的缠绵，人与世界的互文，生与死、短暂与久远的辩证，物质与精神的分隔，可见与未见的隐显等，都是这首诗矛盾性情景设置的重要组成部分。诸多充满矛盾与张力的情景在诗章中的并置，无疑让《月光下海浪的火焰》一诗意蕴更繁复，结构更立体，艺术性也更充分。

月光下海浪的火焰

陈陟云

画轴展开时，你须在现场
随即入画。面对一生中极少提及的大海
未知何朝之月，拖曳着如此巨大的月晕
时光难得比月光宁静
波涛未必比生命汹涌
月晕下的海面，是滚滚而来的火焰

发着浅蓝色的暗光，燃烧，熄灭，湮没
无休无止的火焰！无休无止的燃烧，熄灭和湮没
请选择一个时段，譬如公元二十一世纪的某一年
最好是夏天，最好是子夜时分
两个相爱的人，像两颗撞击的水滴
溅落海滩。生命的短暂，不可遮蔽相爱的久远
两滴水的缠绵，从来就不是一种短暂
如来自寒武纪两丝蓝藻的纠结
深入地层，还会构筑另一种相传的方式
此时，月光是唯一的映照
以点，以束，以片，以慢镜头的动作
展开事物的可见性
笑容可见，掌纹的走向可见
甚至发际的暗香、脉搏的起伏也清晰可见
唯独世界消隐，记忆消隐
两个影子的重叠，犹如两片叶子的抖动
惊栗于错过而不曾相遇的假设
惊栗于火焰的熄灭和燃烧
惊栗于十指的紧扣，是两束忧伤的根须
在泥土深处锁闭的纠缠
而展望海面，月光的开阔就是情感的开阔
滚滚而来的火焰背后，就是滚滚而来的星系和宇宙
以及宇宙之外的无边，无人敢于想象的高远
或许，两个人也就是两个宇宙
血肉、经脉、骨骼和气息，构成体内的星系
细胞和血液的星体，以运转形成平衡
以生生灭灭形成新陈代谢
心脏的某一处海边，也有两个相爱的人
缘于月光的缘由，以探寻的目光
仰望我们身体的宇宙

其实，两个具象的人，只是一个角度的参照
坐于海边，便是坐于物质的有限可见和灵魂的无限深远
两个相爱的人，只是两颗瞬间的水滴
在一个夏天的子夜，他们的爱情
被赋予月晕的色泽，留给疏忽的目光和删减的情节
他们的耳语，以丝绸的质地，在后人的海风中飘拂
他们对待事物的方法
是看着月晕下滚滚而来的火焰，燃烧，熄灭，湮没
然后，伸手紧握相爱的久远

画轴收起时，你还须在现场，不可随画而去

走向光明澄澈之境

——读李利君的几首短诗

来自辽阔高远的草原之乡的李利君，对大陆最南端——湛江的碧海蓝天早已是再熟悉不过了。这位以“预防腐败”为工作内容的蒙古汉子，一直以他科班出身的中文专业为资本，实现着对文字的不同形式的调遣。不知是受到生长地清新纯净自然环境的无意浸染，还是因工作性质导致接触现实黑暗太多而形成的反弹，李利君的不少诗作似乎总离不开“阳光”这一书写对象，《我察看亚热带风中的阳光》这组诗就自始至终表现出对光明与神性的强烈向往。

阳光给人带来光明，有时也会带来灼伤的刺痛，《我察看亚热带风中的阳光》一诗敏锐地觉察到了南国阳光特有的诗意。接连三个“无可言说”，用“只可意会不可言传”的整体思维描画出阳光的金色质地和透明本质，在这里，阳光割开树叶形成伤口，阳光跟随风声掠走幸福，阳光照耀空船唤起往昔。接下来宕开笔墨，由眼前的近物而至“远不可及”的辽阔，由自然景物而至人之生死，最终经由“升起的云朵”和“闪动的幻想”而抵达“澄明的内心”。阳光既是实景，又是象征，“察看”阳光既是享受自然，更是体味生活，追求光明澄澈的心境。

《一个俗人每日坚持读〈神曲〉》一诗中也写到了阳光，但其象征意味明显更加强烈。“我把手中的阳光分解成两部分/其中之一，我就把它交给/伟大的《神曲》//另外一部分属于尘土和喧闹/属于我俗而又俗的/日常生活”，“阳光”在这里成了囊括世俗生活和精神生活的“生活”总称，这似乎略显宽泛，所幸通过诗人的对比，“那属于尘土的阳光/在我/浩大而又无法摆脱”，阳光代表光明，光明是一种物质，更是一种精神和信仰，当“尘土的阳光”“无法摆脱”时，转而寻求精神的阳光，“我因此每日坚持吟读/伟大的《神曲》”。《神曲》在诗中是一个精神符号，它所具有的反对蒙昧、追求真理的人文光芒穿越七百多年的时间隧道，从意大利诗人但丁笔下来到中国，形成丰富的互文性。这个人文符号是烛照诗人灵魂的精神之光。“俗人”每天坚持读《神曲》，以反抗世俗，追求光明，追寻理想，恪守地狱与天堂的界限，恰恰证明“俗人”有着“不俗”的精神境界。

走向光明澄澈之境，是这两首诗呈现的精神价值。这是一种心境，也是一种境界。矢志追寻，不达不止，虽不能至，心向往之。诗歌虽未达到完美的艺术高度，但诗人保持的高贵精神和高洁人格无疑是值得肯定的，尤其当我们将其与防腐反腐的实际工作关联起来考虑时，更具有其他因素无法替代的积极意义。

我察看亚热带风中的阳光（外一首）

李利君

一

密如紫荆的脚掌
布满小小的伤口
温和，柔润
疼到无可言说

金色无可言说

二

透明无可言说
风的身影擦肩而过
幸福擦肩而过

情人的伞就在海滩上张开着
空荡荡的船
轻轻入梦
点点忆起　往昔
往昔远不可及

三

辽阔远不可及

一对翅膀展现出优美和宁静
空气宁静而馨香
生，亦宁静而馨香
死亡，宁静，宁静
而馨香

远处的树梢上
翅膀歇着

四

而心灵在唱

呼吸停在翅膀尖上

飘飘摇摇
一朵云悠然升起
正午和大路悠然升起

五

细而洁净的悠然
升起

鳞片　细而洁净
闪动着七种以上的幻想
细数它们
(默念神的名字)
内心澄明

一个俗人每日坚持读《神曲》

我把手中的阳光分解成两部分
其中之一，我就把它交给
伟大的《神曲》

另外一部分属于尘土和喧闹
属于我俗而又俗的
日常生活

我信奉的不是唯一的神
在众多的梦寐之中
我和许许多多纷乱的天气打交道

一个人，一生中也许只是做着同一个梦
我翻《神曲》的时刻
感到手尖上来自心灵的震颤

那属于尘土的阳光
在我
浩大而又无法摆脱
我因此每日坚持吟读
伟大的《神曲》

有心人的生活诗意纷飞

——读梁云山组诗《海北路九号》

浪漫的，实在的，清贫的，富足的，劳苦的，安逸的……无论哪一种生活都不会缺乏诗意，关键看你有没有一颗诗心去打量，去参悟，去表达。身为公路局职工的梁云山在采写新闻报道和处理其他公务的繁忙之际，仍不忘做一个生活的有心人，他将自己捕捉到的诗意用诗歌频频呈现出来，是值得钦佩和提倡的。

作为公路局的职工，对“公路”有着特殊的敏感度和亲近感是再自然不过的了。《海北路九号》便是以湛江海北路为表现对象和抒情载体的一首诗。海北路这条虽不是主干道却十分重要的城市大道经过改造，如今变得宽敞气派多了，但这种宽敞气派并不能掩盖这条路往昔的沧桑，也无法淡化与路有关的故事；相反，它“从一个年头/向另一个年头延伸”，将“斑驳的门”和“河水一般的往事”凸显出来，供人回忆、叹惋。这种“延伸”的所指是虚实兼备的，也是丰富的，是道路的延伸，是时光的延伸，是思绪的延伸，是记忆与人生轨迹的延伸。“九号”的定点将目光锁定在一个特定的对象上，少年的天真童趣，青年的北上求索，此后人生的收获与变故、欢乐与悲伤，都与这条路融为一体。如今“锃亮”的沥青路将思绪拉回到现在，“十号”的出现又将人与路的特定“故事”上升到普遍。

除了特定时空下人生感悟的诗意呈现，爱情、婚姻、家庭生活的诗意表达也是这组诗歌的重要内容。《遥望你生日的烛光》一诗从“生日的烛光”里展开想象来“穿越时空的念想”，通过“回想”详细叙述了女性的生育之苦，通过“畅想”预言年老之后的相依为命，诗行间充盈着温馨的情感依恋和对母性的礼赞之光，在平实的叙述和浪漫的意境营构中蕴含着沉重而严肃的人生内容。“七夕节”原本的文化意义虽然是女儿们向七姐乞巧，但在新的文化背景下已经演变为“中国的情人节”。《七夕》便是对这种情感内容朴素而强烈的书写，流云与街灯勾起了诗人对邈远思念的渴望，而转角处的一条短信终于在期待已久之后满足了主人公在这个节日的某种期盼。

梁云山的这组诗或以路喻人生，或借烛光展开诗思，或通过传统节日抒情，看似没有一个统摄性的主题，但都是对生活的诗意把握和诗性呈现。在平凡琐碎的生活中能发现诗意的人是有心人，他有观察时的细心，体验时的真心，更重要的是有一颗基于现实而又超越世俗的诗心。这种人的生活一定不会淡而无光，因为有心人的生活诗意纷飞。

海北路九号（组诗）

梁云山

在一片海的北面
紫荆花飘飘洒洒
有一段路
从一个年头
向另一个年头延伸
那里有一扇斑驳的门
轻轻掩着
河水一般的往事

第一次走出九号
光光的小脚丫

把岁月敲得咚咚乱响

第一次背起行囊
让海风赶着
朝北风吹来的方向出走

那年让一个黑色邮戳
深深地戳痛了心
那年老花树下的绿色邮筒
忧郁了整个绵绵的冬天
后来夕阳不再溜走
青葱的梦化成霓虹
后来星星逃离了夜空
从此不再唧唧地叫

海北路　这个季节
又有很多叶子离开老树
静静地躺到锃亮的路上
一辆辆车
带着浓浓的水汽开过

九号的后面是十号
十号的故事或许相仿
或许又迥然不同
海北路　从一个年头
向另一个年头延伸

遥望你生日的烛光

遥望你生日的烛光
我慢慢地吮吸
你沾满香槟的泪眼

我要跑回三十八年前
去搜回那一夜揪心的呻吟
那一串焦虑的眼神
以及那一声惊天的啼哭
再抓回几把微风
合在一起
给你编个美丽的花篮

我要跑到二〇五〇年去
去到那公园的树下
去给你理好乱发，抚平皱纹
然后为你披上彩衣
再召来飞船
载着我俩
迎着月亮飞上蓝天

遥望你生日的烛光
我不停地放飞
穿越时空的念想

七　夕

桔黄色的云

汪着多年的翘盼
与清泪

灯柱撑起渴望的眼
思念在黄昏六时
沾雨

终于在某一拐角处
有一条短信
飘飞如裙裾

中年情愫的隐秘书写

——谈岸町的《纪念》

关于爱情，不同年龄段的人有着不同的实现方法，少年靠痴情满足幻想，青年靠激情燃烧青春，老年靠回忆获得温暖。而中年呢？中年人特别是中年男人的情况有些复杂，他们一般都有不错的事业基础，生活安逸，家庭稳定，感情上的曾经沧海让他们激情消退，而人性的自然规律又使其不甘平淡寂寞，于是开始与现实日常生活拉开时空距离，转而怀念情感历程中那一段曾经的纯真美好，这便是我们常说的中年情愫。

我很想将《纪念》当作一首书写中年男人中年情愫的诗歌文本加以解读。诗歌一开始便用“线”对“风筝”的牵引类比由一段深情唤起的心灵感受，生动而令人心悸。在一个中年人眼里，男女情感不再青涩单纯，而是显得成熟、有品位，“曳地窗帘”“华美餐具”“音乐”“文学”“Party”“草地”“白椅”“鸽子”，这些符号或是殷实的物质后盾，或是高雅的精神支撑，同装在“一只幸福的篮子”里。那么，这一段值得纪念的感情究竟是何样状貌呢？诗人用“冰原毡房”和“荒漠绿洲”作比，给人以身体的温暖和心灵的慰藉。“爱好你的爱好”，“欣赏你的欣赏”，看似失去自我的人身依附，实则是两颗心的高度契合。在诗人的主观感受中，曾经倾心的对象集温柔、美丽、高雅、纯洁于一身，十年的心灵守候虚幻而沉重，但坚定的信念使这种守候拥有一个完美的结局——一幅饱经沧桑却颇有诗意的容颜特写定格了这一份值得纪念的特殊爱恋，而对这份爱恋的永远珍藏正是爱之瞬间与永恒的完美结合。

在现实中，中年人是最容易怀旧的，在个人情感上更是如此，美好的逝去或热情的不再多少令人有些怅然若失，而写实性的文学表达又多少令人有些顾虑。这种对曾经的感情的细腻书写可以看作对现实状况的无奈与祭奠，但无论是初恋、知己还是与现实伴侣值得回味的过往，都已经是仅供回味和纪念的珍藏品了，它只能藏在心底的某一个地方，在夜深人静之时独自咀嚼一番，而不适合在大庭广众之下让人观瞻指点，所以《纪念》这首诗对中年情愫的书写具有一定程度的隐秘性，这种不便言明的隐秘性在一定程度上增加了诗歌的情感内涵，开拓了读者的想象空间。

纪　念

岸　町

一段岁月
因你而值得纪念
犹如流浪的风筝
继续漂泊时
记住一段深情的牵引

用若干年时光
芒鞋踏破　栏杆拍遍
在这颗冰冷的星球上
找到一丝酡色的暖意
那是一只幸福的篮子
让它贮满诺言　贮满期待
贮满朴实的憧憬
曳地窗帘　华美餐具

音乐　文学　Party
草地　白椅　鸽子
忙碌后宁静地对视
阳光西向　笛声般悠扬

这段时光
冰原上有一座暖暖的毡房
荒漠中有一片绿洲
撒向茫茫太空的问询
有人接收
并发回慰心的温馨

饱含深情
爱好你的爱好
欣赏你的欣赏
心灵的契合
给我无边无际的现在
你是我如梦的现在和
如诗的未来
月光下美丽　朦胧
优雅　水样温柔
如寒风中一袭围巾
纯洁　飘逸
不沾半点尘埃

十年间
心灵相互守候
随着六月溯风迫近
毡包已冻僵
随着骆驼沉重的呼吸

绿洲似的蜃景
悄悄移向天外
即使你满头苍发
依然会记起你唇线的棱角
翘起鼻尖和睫毛
眼睛里贮满温情
记得小风扇嗡嗡的凉意
记得杯盏碰撞的银声
记得你所有的笑容　眼泪
把每一瞬
藏进相册
永远……

梦里相思一树花

——读殷鉴的十首小诗

中国新诗中的小诗既受日本俳句、泰戈尔诗歌等外来艺术的催化，又受中国古代小诗等本土传统资源的影响。五四时期的小诗创作可谓盛极一时，产生了冰心、宗白华等著名小诗作者。小诗作为一种有亲和力的新诗体，在现代文学史上有着不可替代的地位和价值，显现出独特的艺术魅力，就接受而言，因其篇幅精短、诗意凝练、好读易记而拥有不少铁杆“粉丝”。长期从事中国现代文学特别是现代诗歌教学与研究的殷鉴当然深谙其中的奥妙，尤为难得的是，跟现代很多文学学者一样（当下却很少），殷鉴是研究与创作双管齐下，既当教授又当诗人。他的小诗写得精致唯美，情意绵绵，读后让人魂牵梦萦，不忍释手。这里从近百首小诗中选出的十首可见一斑。

殷鉴喜欢以梦入诗，这十首诗就有七首写到了梦（他的诗中涉及梦的远不止这七首），或是梦话，或是梦境。不同的梦当然有各自的含义：《鸟鸣》中的梦话是真实而直接的内心投射，虽很私密但被麻雀泄露后仍充满甜蜜的回忆；《劝》中开满花朵的梦中之树是依恋之情的最好见证，情意绵绵而又持久稳固；《进进出出》里包裹着思恋之屋的梦是最美好的梦，但一个“如”字的假设否定了梦的温存与完美；《复印》中被复印的梦形成了梦海，真切形象之外，重在营构一种朦胧的诗境；《过境》中的梦是一道爱情的门槛，“消息”与“爱情”的分离突出了爱情美梦幻灭后梦的虚空本质；《嫁衣》中的梦因为有了月色的互渗交融而拥有了“梦”与“月”共有的理想、美好和纯洁；《软禁》中一个是必须逃脱的噩梦，一个是甘愿被“软禁”的温暖的梦，这个温暖的梦不是消磨意志的温柔乡，而是孜孜以求的美好归宿。

很多时候，“梦”在这些诗中作为“情”的寄托和背景出现，诠释着爱情与思念的主题内涵。稍加注意便可发现，这些诗中出现的人物只有“我”和“你”，抒情角色设置的简单化为情感的针对性提供了方便，也在很大程度上奠定了诗情的内倾性。《囚禁》中的“你”是一个在“我”心底被永远密封却不得不时时回想的特殊角色；《叶脉》中的“你”因为爱情而被打通经脉从而与“我”融为一体；《软禁》中的“你”一个温暖的梦便使“我”心甘情愿解除武装失去反抗。“你”对于“我”而言，或是冥想客体，或是情感寄托，或是倾诉对象，爱情的神韵和思念的滋味也在这多变的关系中变得缠绵而朦胧。

这些小诗没有深厚的历史和深刻的哲理，却有着闪烁的智慧光点，孤独的自我诉说，喃喃的窃窃私语。乍一读，宛如一阵徘徊的清风，温和而低调，给人以温暖纯正之感，细细品鉴，又会在不经意间带来高频度的惊喜。这些小诗在方寸尺幅间书写着梦幻，在如梦般的意境里把玩着语言，回味着爱情，诉说着相思。小诗中编织着缠绵的梦境，梦里长出茁壮的相思树，相思树上点缀着一树繁花，不论季节冷暖，总有幽幽的清香，灼灼的亮点。

小诗集

殷　鉴

鸟　鸣

清晨你听到窗外的鸟鸣了吗
那是爱多嘴的麻雀
昨夜听到了我的梦话

迫不及待在向你告密呢

劝

请不要砍掉我梦中的树
因为那棵树上
已开满了依恋的花朵

叶 脉

让我打通你的叶脉吧
这样爱情的汁液将会
顺着叶脉流遍你全身

囚 禁

我决定
永远在心里囚禁你
但也会随时提审
让你交待案情

进进出出

装满相思的小屋
如能盖在我梦里
你便很容易进进出出了

复　印

梦把我的容貌
复印给了你
你又把我的容貌
复印给了梦
于是梦海里
全都是复印的你我

无爱的原因

爱的草原上
匍匐着一群饿狼
爱一旦现身
就被它们吃个精光

过　境

梦在等待
爱情的消息过境
消息是过境了
爱情却失踪了
因为它被你的贪婪
拐跑了

嫁 衣

在梦里
我轻轻摘下月色
准备用它来缝你
洁白的嫁衣呢

软 禁

刚从一个梦里逃出
又被另一个梦软禁
可我不想再逃了
因为你软禁我的梦很温暖

季节感怀与生命感恩

——读袁志军组诗《感谢春天》

从理论上讲，写作者的情绪、情感、心理等都会受到外物的影响，写作动机的出现，灵感的显现，也常常得益于外物的激发作用。“物色之动，心亦摇焉”，在种种外物景色的感召之下，有谁的内心还能安然不动呢？比如，春天来时，万物复苏，草长莺飞，是最易受到外物感染的时候，也正是文人们的抒情旺季，所以就有了一系列伤春、留春、惜春、颂春的佳作。“情以物迁，辞以情发”，人的感情、情绪是跟随季节变化而变化的，由此写下的诗篇正是“心动”之人内心真实感情的抒发。袁志军的《感谢春天》组诗便是诗人在南国体验到的正值时令的季节感怀。

中国人常讲“天人合一”，在我们看来，“天”是可以和“人”发生感应关系的，“人”与“自然”在本质上是相通的，也是可以相互交流的，所以季节的变化能唤起人们相应的生理与心理反应。《感谢春天》一诗中，“春风”“融解了板结在骨子里尖锐的冷”，“桃花”教会我们“领悟到生命的粉红和哀伤”，在这个季节“敞开身体和灵魂/与春天保持爱的姿势”，这正是被春天唤醒的独特感受和生活姿态。《油菜花，你将四月照亮》选取“油菜花”这一南国典型的春之意象写景抒怀，让人沉醉的气息和肆意生长的生命力成为春天的标志，使人心生一种“依在你的肩头/任阳光蔓延”的享受欲和依赖感。较之大片的油菜花所引起的色彩冲击和画面美感，《四月四日清晨，我被布谷鸟喊醒》则展现了“春之声”所具有的独特魅力。“一只不期而遇的布谷鸟/在悬崖的树枝上用乡下土话将我喊醒”，一个“喊”字，在看似“粗野”的乡土氛围中显示出季节躁动的力度，透出一种响亮清脆的质感。正是这一声布谷鸟的喊声使得溪水中的浪花微微泛起，香椿的嫩芽轻轻晃动，铺天盖地的油菜花动人地燃烧。

这组诗是对南国春意的诗性呈现，这种春意被分散穿插在几个典型意象和场景之中，合之则是一个鲜活生动的春天。给人春天般温暖的是，诗人在抒发对季节的感怀时怀抱着一颗感恩之心。从生命哲学上讲，宇宙自然是大天地，人则是一个小天地。大宇宙和小宇宙都是生命，都有其起伏消歇的轨迹，所以季节的交替代表着生命的律动。袁志军的这组诗，无论是《感谢春天》对春风、桃花、日子的直言感谢，还是后两首诗对油菜花金光与气息的沉醉，对布谷鸟喊声的回味与欣喜，都是一种生命的感恩。这种感恩心态无疑拓展了季节的胸怀，提升了诗歌的内涵。

感谢春天（组诗）

袁志军

当春风舒展开水的皱纹
我们要感谢春风。是她
融解了板结在骨子里尖锐的冷
我们的灵魂被春风反复抚摸
并赋以蝴蝶的翅膀
盈盈轻展如雀跃的桃花

桃花。我们也要感谢桃花
是她教会我们不误春风
领悟到生命的粉红和哀伤
并且明白　不是所有的花朵
都能够修成正果

也是她　为我们预设了幸福而苦难的
生命历程。谁的泪水打湿了桃花
以她忧伤的美丽　穿越青黄不接
结成心底沉甸甸的日子

日子。我们要感谢那些纷繁的时光
感谢荒芜岁月里的花开叶落
是花　点燃了夏天的茂盛
是叶　成就了秋天的壮硕
即便严寒最终到来。我们也要学会
跟冬天讲和。并且
在寂寥的光阴里心满意足

敞开身体和灵魂
与春天保持爱的姿势

油菜花，你将四月照亮

凝望你，身披金光的女子
从浩大的诗经上走来
碧绿的脚步踩着民歌的节奏
覆盖着古老的村庄
而你手中扬起的气息
让我沉醉

风在衣上，开满了憧憬
阳光和雨水
滋润着拔节的声音
这富有盎然诗意的画面

让我看见春天
在你的枝头肆意地生长

我将期待
依在你的肩头
任阳光蔓延

四月四日清晨，我被布谷鸟喊醒

这个清晨，我还在深沉的睡梦里
回味着杜鹃花的诗歌，以及杜鹃花瓣上露水
闪烁着的欣喜。一只不期而遇的布谷鸟
在悬崖的树枝上用乡下土话将我喊醒。她的喊声
如同淙淙的溪水泛起的浪花
灌进我的耳朵，沁入心田
这个清晨，我的目光顺着布谷鸟的喊声
透过窗外，落在屋旁的香椿树上
香椿嫩绿的芽尖在晨风中轻轻地晃了一晃
将我的目光摇落。稍远处铺天盖地的油菜花
动人地燃烧。那些蜜蜂绕着花瓣咏叹
在馥郁的油菜花香里粉蝶们谈情说爱
而我的目光，在越来越亮的霞光里
陷得更深

带着世俗的渴盼重新出发

——杨梅组诗阅读印象

廉江女诗人杨梅的文学才华是不容置疑的，这位湛江诗坛的后起之秀创作诗歌的时间虽然不是很长，但势头正猛，其蕴藏的潜力很有后来居上的可能。从这组关涉个体情感的诗歌便可以感受到她的风格和水平。

《在越发变薄的时光里，我只想爱》这首诗在某种意义上，是对过去生活的一个诀别，又是对未来人生朴素的畅想和祈愿。追赶青春尾翼的时间紧迫感与“曾经沧海”后的云淡风轻并举，将诗人的心境推到焦急与舒缓、热烈的燃烧与平淡的幸福等诸多矛盾的对峙之上，由此形成诗歌的张力结构。全诗用两个“没有”向过去挥手作别，用四个“只想”张开双手拥抱未来的渴盼，像是在重温海子“从明天起，做一个幸福的人”的温暖告白。

《冬至》是这种内心渴盼最真挚最直接的表达。全诗三节，每节都用“最好”领起接下来的诗句，这是一种祈请语气，表达的是诗人希望达到的主观愿望；一口气连用三个“最好”，极言其主观愿望的众多与强烈。老天爷下雪，路灯变暧昧，矜持的人相爱，一家人团聚，吃喝玩到天亮，这是一个连贯的过程，也是人性的自然需求，但冬天的严寒和天亮前的暗夜又似乎暗示着某种缺失，这一缺失更加深了三个“最好”所表达的渴盼的强烈。

《末日》在形式上与《冬至》相似，也是三节，每节都用“依旧”领起接下来的诗句。不过，这三个“依旧”引出的内容和情感是各不相同的：第一个“依旧”带有我行我素的坚定和自我肯定；第二个“依旧”是对迷失自我的放逐，对重遇过去黑漆的夜的伤怀；第三个“依旧”是一种被曾经的温暖唤起的羞涩的回忆。如果“依旧”一词采用的是“依照过去”之意，那么诗人对曾经的三种“活法”的态度也是不同的，微妙心境下的取舍也隐含着内心的渴盼与拒绝。

杨梅的这组诗延续了其一贯侧重书写个体人生感悟和生命体验的创作路向，将笔触伸向隐秘而微妙的情感领域，写出了一个青春个体在人生道路不同境遇下的独特情感体验，表达了一种较为强烈的基于人之常情的世俗渴盼，传达出为了追寻这种日常生活的简单幸福而告别过去、重新出发的决心与勇气。这些朴实的诗句或温婉缠绵，或感伤无奈，但在这些看似文弱温顺的文字背后，站立着一个坚强生活和执着追寻的身影，这是女人的姿态，也是诗人的风骨。

在越发变薄的时光里，我只想爱（外二首）

杨　梅

又过了一年
可用的时光越发变薄
我已没有足够的时间去恨
没有更多的精力
让陈旧的刺，继续泛痛
我只想，从现在起
揪住时间的尾巴
注视着孩子们安静地拔节
只想与爱人庸俗于柴米油盐
在熄灯前一再唠叨
如何一起慢慢变老

只想弟妹一切安好，与自己
围绕着父母，继续任性，撒娇
在人前人后幸福地大声说
我爸，我妈……
并因此而自豪
我只想在自己有生之年
闻到的
都是
螺纹般清新的空气

冬　至

最好能下一场雪
证明冬天来了，春天就不远

最好下着下着
路灯也渐渐暧昧
习惯矜持的人，在今夜
随便你爱
放荡地爱

最好，一家人围着热腾腾
火锅。喝酒、吹牛、张牙
或舞爪，随便你
喝着喝着，我们的天就亮了

末　日

依旧写自己的诗吧，一日三餐
餐餐不误

依旧在喧嚣的白天
走着走着就弄丢了自己
在黑漆的夜里，又重遇过去

依旧深深的，醉倒在他的蜜罐里
他喊亲，亲亲
而瞬时　脸颊绯红

乐理流淌出的音乐之声

——读钟鸣组诗《琴况》

时下，女诗人钟鸣不需要再为每周二十多节课的“体力活”去奔忙折腾了，据说她每天就在家读读书、写写诗，干着一个诗人和女人该干和想干的事情。读她的博客和发表的诗作，你会发现钟鸣的诗歌创作好像进入了一个井喷状态，隔一段时间就会有一组诗面世。组诗《琴况》就是这样产生的。

正如副标题所示，钟鸣的组诗《琴况》是“由明代徐上瀛《溪山琴况》所作”。《溪山琴况》是徐上瀛在总结前人琴学理论的基础上提出的古琴表演艺术的24个审美范畴，分别为和、静、清、远、古、澹、恬、逸、雅、丽、亮、采、洁、润、圆、坚、宏、细、溜、健、轻、重、迟、速，合为“二十四况”。况者，状况、况味、情趣也。可以理解一位大学声乐教师对一部如此重要的古琴理论著作的爱之切、悟之深。所以，钟鸣积极调动她的音乐理论素养和实践经验，结合自己的人生体悟，前后仅十天就写出了共24首诗的组诗《琴况》。

这24首诗与《溪山琴况》提出的24个古琴审美范畴是一致的，可以看作钟鸣版的“二十四况”。这组诗是从乐理中流淌出来的音乐之声，是由跳跃的音符组合而成的流动的文字。此处选出的三首诗可见一斑。“诸声淡则无味，琴声淡则益有味。”《恬》一诗正是对越淡越有味的“琴声”的生发阐释，诗中所选可谓对“恬”之内涵的多维表现：恬静如隐秘的心事，恬适如泪洗的音符和远去的背影，恬淡如蕊中兰茝的香气。《逸》一诗巧妙地将“逸”的情态与内涵赋予一个行走于天地的男乐师，他有着“游走于鱼群”“行走于天上”的无拘无束的飘逸，有着“从容婉转”、安乐舒适的闲逸，还有“把琴韵/弹成飘然的霞”的超凡脱俗的超逸。这种角色设定和格调层次的把握是合适的。《雅》所涉及的“雅”这一审美范畴相对要复杂得多，此诗着重采用“呈现”的方式来表现，千年梨树、古院深宅、孔礼庄蝶的标准典雅，“用骨骼说话”的高尚儒雅，弹奏空谷绝响旷世之音的高雅，都已在呈现中不言自明。大雅之音讲究“遇不遇，听之也，而在我足以自况”，诗也一样，“俗”和“雅”历来是有界限的。

当然，这三首诗虽然是对古人音乐理论的个体诗意把握和现代审美阐发，但其内涵又不局限于此。诗中所述的音乐，是一个虚实参半的符号指代，在音乐之上，更多的是与之相通的人生感悟。这种解读方向是可以推演到整个 24 首诗的。钟鸣说《琴况》这组诗是她最为疼爱的一组，这话我信，一个音乐人对音乐题材的天然亲近感，对音乐领域探寻的深层需求，自然而且完全应该得到尊重。

琴况（组诗）

——由明代徐上瀛《溪山琴况》所作

钟　明

恬

这月高风静的池水
是我一指不想诉于人的心事

轻捋弦丝
轻捋伤痛的滋味

那被泪水清洗过的音符
盈盈坠地　入石三分

血液经过洗涤　是乐的养护
发芽　开花

恬只是一抹背影　拂袖而去的
隐忍　绝望

花开　花落
那蕊中之兰茝　已死过三回

逸

那位叫逸的男人　一双袖却经纶之手
把累的神态藏匿　在琴度之下

整个朝代的乐师
水下弹琴　游走于鱼群的
只有他

水在他乡　他行走于他乡
水在天上　他行走于天上

十三套的弦索　他指间
一缕《倾杯乐》　就把满城的桃花
拿下

从容婉转　甲尖挑出颗粒的乐意

皆是种子　千年成木
万年成材
在青山绿水的大吕黄钟里　生生不息
把琴韵
弹成飘然的霞

雅

千年的梨树
留守于古院深宅
需是雪、霜、谷雨的雨
加之孔子亲授的礼法　庄生梦中的蝶
搅拌

春天就要到了
有人用嗓子说话
有人用艳丽的风情说话
我用骨骼说话
用春天那片风暴中掉下的羽毛
弹奏旷世之音

用手心捂暖它
用呼吸宁静它
用高贵的姿态装点它　回荡
于空谷间

没有足够的时间了　没有了
在无可挽回的死
到达的那一刹那　下滑

沦陷
我把指尖放在弦徽之上
就看见满天遍野的纷飞
皆是梨花

真情在诗行中涓涓流淌

——读黄增的三首诗

诗歌以情感表达为基本美学原则，正如英国浪漫主义诗人华兹华斯在阐释诗歌的概念时所云："诗是诗人情感的自然流露。"或如白居易所说，"诗者，根情，苗言，华声，实意"，意即"情感是诗歌表达的基础和根本"。湛江诗人黄增的诗也是直写真情、以情动人之作，他最近创作的《我喜欢山泉》《想起风筝》《又是一年的毕业季》显露了其真情流溢、心意款款的艺术特征。

《我喜欢山泉》采用铺陈的手法，每节以"我喜欢山泉"为起始句，构成一种复沓的语式，用这一句子反复叠加与重述一种发自内心的热爱美好景色、用生命拥抱大自然的莹洁情怀。每一节中，诗人又从各自不同的层面讲述了自己热爱山泉的原因："山泉"以不断"生发希望的嫩叶"，"润湿枯树的叹息"；以"冲破漫山岩石的阻隔"，让万物有了清流的恩赐；以"执着朝向大海的奔流"，"带给山村孩子远方的梦"；还以沉默来抗御严冬，孕育新春。正所谓"一切景语皆情语"（王国维），诗歌中对爱之因的讲述，既将山泉的可贵品质逐一彰显，又暗自透露了诗人高雅的生命情怀。

《想起风筝》是一首形式与内容相得益彰的"图形诗"，诗歌的结构形态给人以明确的视觉冲击，它既如一束芳香四溢的鲜花，又如自由飘游在空中的风筝。从内容上说，诗人在对风筝的描述和咏赞中抒写了自我高洁明净的心灵追求。当目送风筝升上高空时，"我"心灵的天空也会"呼啦啦地升高"，诗人随物婉转，与心徘徊，感觉到在风筝的飞升之中，往事中的灰尘也被洗刷干净，灵魂也受到了悄然的洗礼。当风筝越飞越高而沉稳自如时，诗人也自信其心“不会掉进峡谷”。《想起风筝》由此构成了借物言志、托物抒怀的成功之作。

《又是一年的毕业季》是诗人日常工作中的感悟之作。在高等院校教书育人的诗人黄增曾长期担任负责学生工作的领导，每到学生学成毕业之际，他们在读时的紧张情态、离校时的不舍形影会在他的内心深处留下深刻的印记。正是这种印记滞留心间许久才促成了诗人如鲠在喉、不得不发的诗情表达。诗人并没有平泛地草写毕业之际的万千情景，而是抓住“毕业照”这个具体事项去集中挖掘，诗中既有照相时的声音描述（咔嚓　咔嚓咔嚓），又有照相中细节的展示（你们举起“V”字的手势/宣告一段青春的完美落幕），更有对其背后意蕴的深入阐发（我们点赞/不是精美的相册与灿烂的笑脸/而是猜想它的背后/你将来如何找准焦距/把未来精彩曝光）。该诗以“毕业照”为聚焦点，集中抒发了诗人的深情，体现了诗歌的精练特征。

读黄增的诗，我们不能不被诗中涓涓流淌的真情所打动。如果诗人能更加深入地把握当下社会的人文流脉和时代风潮，提炼更多具有当下性和现场感的意象与语汇来表情达意，他的诗歌艺术也许将会得到更大的提升。

诗三首

黄　增

我喜欢山泉

我喜欢山泉
因为它生发希望的嫩叶
我喜欢山泉

因为它润湿枯树的叹息
我喜欢山泉
因为它冲破漫山岩石的阻隔
汇聚汹涌澎湃的洪流
我喜欢山泉
因为它执着朝向大海的奔流
带给乡村孩子远方的梦
我喜欢山泉
因为它的沉默是一种力量
当严冬向它射出
无数残忍的拳头
它却以冰川的方式无声的情怀
孕育下一个更美丽动人的春天

想起风筝

想起风筝的时候
心灵的天空
呼啦啦地升高了
与轻风携手在阳光里沐浴
那些沾满尘灰的往事
被刷得干干净净
我的世界
骤然透明开阔
想起风筝
心不会
掉
进
峡
谷

又是一年的毕业季

咔嚓　咔嚓咔嚓
把四年的所有事物
你们以影像的方式
定格在一张纸上

把它当成最珍贵的礼物
沉甸甸的挂在微信
你们举起“V”字的手势
宣告一段青春的完美落幕
又像向我们预告——
这世界你们来了

一张毕业照
一张纸，无数梦想
轻如鸿毛或重于泰山
我们点赞

我们点赞
不是精美的相册与灿烂的笑脸
而是猜想它的背后
你将来如何找准焦距
把未来精彩曝光

可能世界的艺术建构

——读伊萍的四首诗

诗歌是什么？美学家宗白华说：诗是用一种美的文字——音律的绘画的文字——表写人的情绪中的意境。诗人艾青说：诗是由诗人对外界所引起的感觉，注入思想与情感，而凝结了形象，终于被表现出来的一种“完成的艺术”。法国后期象征派诗人瓦雷里说得更直接简明，他认为：所谓诗，实际上是由摆脱了词语的物质属性的纯诗的片段构成的。上述诗人和学者对诗歌的看法尽管并不相同，但对其本质属性的认识却是一致的，在他们看来，诗歌并不是与现实物质世界的直接对接，不是对尘俗生活的照相式反映，毋宁说诗歌是对俗世存在的避离和抗拒，是对精神世界的想象与塑造。优秀的诗歌总是希图建构出一个可能的世界，让我们能在庸俗的现实之外，找到诗意栖居的新的生命空间，找到更为光洁清新的灵魂的居所与心灵的港湾。最近读到的廉江诗人伊萍的几首诗，给我留下了深刻的印象。诗人用充满灵气的文字为我们构建了一个诗性盎然的精神的寓所，让我们领略到奇幻的想象和自由的心怀所展现出的神奇魅力。

《梦》展现了爱情具有的迷人风姿。当诗人想象爱情时，她所沉浸的世界定然发散着奇幻的光芒，飘逸着令人沉醉的情味。“进入你的梦里/躺在月亮磨平的水面上/看着彗星在锤炼时光”，宋人叶茵《寄台守》云：“半世困尘埃，烟霞入梦来。”那是诗人对厌倦尘世而希望精神超越的情感世界的诗意描画，伊萍也渴望超越乏味的物欲世界，于是有了“进入你的梦里”的大胆念想，并因此看到了水面被“月亮磨平”、彗星在“锤炼时光”等，这穿越剧般神幻的情景也许只有在诗中才能真切呈现。当“我”和

“你”在梦中际会，便有了别样的人生体验，在那里，白羊来去，涓流淙淙，诸多美好的自由洁净的光亮的东西在我们身边汇聚，在此圣境之下，“我用颜料在羊角上雕了图案/给时辰标注了数字”，这是抒情主体激情萦怀时的一种无意识举动，这是渴望留住幸福的有心人自觉而别出心裁的人生行动。诗歌是对现实时空的无限超越，诗歌赋予人们无所不能的自由的权利，诗的最后一节精彩地呈现了人在诗歌所建构的可能世界中的超越性和自由性机制，“用风的气息/把闲置的额头流成海/遥远的远方/有一帆船轻轻地靠过来”，风的气息塑造了一片汪洋，而远帆顺着这一片汪洋轻驶过来，这情形是妩媚神妙的，是令人向往和追恋的。所有这一切都将爱情的极其美好和力量等情状艺术地诉说出来。

《昨夜》是诗人在一个特定的时间框架中对生命状态的臆想。诗人首节即云：“昨夜在左边/右边是我空置多年的海”，作为时间符号，“昨夜”的现实形态应该是呈逝去状的，当我们言及“昨夜”时，我们就是在言说一段已经消逝的时光，一截只有通过记忆和回味才可能找到某种踪迹的历史片段，但诗人此处却说“昨夜在左边”，这种将时间空间化的表达策略是特别值得玩味的，它重塑了时间的可见性特质，也折射着对一段已逝时光难以忘却的内在情怀。具有可见性的时间与“空置多年的海”并置，也饶有意味，寂静和喧嚣由此对立而统一，诗歌在充满张力的艺术言说中显得气韵生动，力度不凡。“时间/让我悲伤，让我洞悉空气的空/温情的疲倦/软耷着耳朵/一列列车从远而来，清冽的鸣叫/刺激耳膜里端坐的我”，第二节进一步彰显对逝去时光的刻骨铭心之感。当时间的记忆变得如此凸显时，时光里的一切都会在我们面前显示出出奇的神态。当诗人被“昨夜”所纠缠时，那围困于周身的“疲倦”，居然可以“软耷着耳朵”，那呼啸而过的列车的轰鸣，居然“刺激耳膜里端坐的我”。这想象如此奇崛，也如此充满魅惑人的魔力。诗歌的最后一节写出了时间与声音之间的彼此呼应，呼唤我的亲切之声响，犹如“久远的音符穿过胸膛”，并“压低云的栅栏”，还与“我昨夜梦里泪滴的脆响”构成生动的“回应”，这呼唤加重了我牢记“昨夜”的精神砝码，使我对世界更生铭心刻骨之情。

伊萍的另外一些诗，如《落叶》《风的斜倾度》，也有不俗的艺术质地。她的诗歌想象奇幻，语言精粹，诗中的审美意象渗透着诗人对人生和世界的深切情感体验，整体上达到了一定的艺术高度。

伊萍诗四首

伊　萍

梦

进入你的梦里
躺在月亮磨平的水面上
看着彗星在锤炼时光

有白羊从身旁经过
水不断地流淌
我用颜料在羊角上雕了图案
给时辰标注了数字
摇着灵魂的心曲
迎娶
一个温暖的太阳

你和我的心
许给了光泽的誓言
用风的气息

把闲置的额头流成海
遥远的远方
有一帆船轻轻地靠过来

昨　夜

昨夜在左边
右边是我空置多年的海

时间
让我悲伤，让我洞悉空气的空
温情的疲倦
软夺着耳朵
一列列车从远而来，清冽的鸣叫
刺激耳膜里端坐的我

有人喊着我的名字
久远的音符穿过胸膛
压低云的栅栏
探出头
回应我昨夜梦里泪滴的脆响

落　叶

经过秋天的树
登上晚霞之梯，大声
喊出
一排排雁鸣

接住一片叶子
烟花的轻，在掌心
鱼儿逆流而上，像女人
被轻轻抚触

黑发随风舞
远处的云，显露真理之白
靠近鬓角的蝶
扑闪花开花落的剧目

落叶拉响新生命
的琴弦，在人间
我系住飘动的音符
像系着一只只不系之舟

风的斜倾度

我的灵魂要靠近你的灵魂
在你岁月静好的春天，玫瑰高高耸起
有意无意地碰触我颤栗的唇红
额头宽余，流动一片浅蓝的天空

没有过多的色彩，风儿浓淡相宜
我是你的单色，尘世里的肉身
惯于靠近爱的欲望
发声的燃烧，把无限永恒成信仰

这里每一次像一杯烈酒

我一直在说着天气，这无关情绪的
一朵云。你身上美丽的牧场
可以睡眠和奔跑
一次次交换身子，忘掉所有

听听，我的心
被一阵鸟啼歌唱，细听有光的内韵
我们被风吹着走
吹低的图像，恰好垂直于你我

乡愁是心灵中难以治愈的伤痛

——读黄廉捷的两首诗

现代化进程从某种程度上说就是城市化进程，随着城市规模的不断扩展和地位的逐步升级，与城市相提并论的乡村则处于版图持续萎缩和地位日益衰微的尴尬境遇中。当“进城”成为几乎所有人内心中无法挣脱的精神诉求的时候，乡村总是会被人们有意无意地遗忘，这是现代社会难以回避的一种带有残酷症状的人文景观。不过，在乡土中国的氛围中成长起来的一代人，当他们在夜深人静之时，坐在灯光之下，忆念仍在远方偏僻的村落中生活的父母与兄弟的时候，那种思乡怀乡之情便会自然地涌上心头，只有在这个时候，他们才真切地体味到，原来心灵中有一处永远无法治愈的伤痛，那就是——乡愁。“乡愁”郁结于许多人的心灵深处，尤其在诗人那里，乡愁更显得突出和强烈，一有机会，这潮流般的乡愁就会漫溢而出，浸透诗人写下的每一行文字。青年诗人黄廉捷的部分诗作正是在乡愁撞击心怀的强烈情绪的激荡下写成的。

《沾满泥土的土豆》一诗讲述了“土豆进城”的略带悲剧意味的“故事”。乡村世界中平凡而普通的土豆是泥土养育的富含营养的物质品种，当终于有了“进城”的机会时，它会呈现出怎样的精神状态呢？诗人如此道来：“它从未瞧见过这么热烈的阳光/它拒绝菠萝蜜树叶上蝉虫响唱的挽留/它要当一头奔向城市的公牛/让精神背离泥土/把梦幻的美好图画当成一只对抗内心视线的拳头”，不难发现，面对城市的诱惑，“土豆”的态度是坚定甚至决绝的，离开乡村的愿望是异常强烈的，它要积攒一身的速度，如公牛般向城市“狂奔”。渴望尽快拥抱城市的“土豆”不

正是成千上万农村青年的形象化身吗？即将步入城市的版图，“土豆”的内心充满着无比的激动和兴奋，诗歌的第二节以“幻觉的城市梦流淌着夸耀的神灵/总在麻醉它的神经，让它兴奋，让它夜不能眠”两行，简洁概述了“土豆”在城市召唤之下的精神情态与心灵状况。然而，当“土豆”真的踏入城市的腹地，真真切切地融入都市空间时，它的遭遇又是如何呢？“若干年后/沾满泥土的土豆眼神变得忧郁”，在灯红酒绿之中，在车水马龙之间，被城市接纳的“土豆”怎么会如此“忧郁”？原来，它终于看清了城市的某种“真相”：“这里的天空要么是线条的，要么是阴沉的/它的生活要么是阴影的，要么是忧郁的”，在城市里追寻黄金世界的“土豆”终于被这里阴沉而压抑的氛围所震慑，它渴望着重返乡土，重新感受泥土的清新和田园的温煦，可惜它却只能“贴在了城市编织的铁网中/寻找蝉虫的身影”，哪里能找寻得到呢？

诗歌是放纵想象的语言艺术，在诗歌的审美表达里，可以做到“思接千载”“视通万里”（刘勰《文心雕龙》），《一百年后，我凝视这处村庄》一诗就展示了这种文体所具有的神力。诗人想象自己在一百年之后，重回那令人亲近的乡村，重归那令人眷恋的故土，恋乡之情虽然仍如此强烈，但眼前的景致实在让人不堪目睹：土地的辛勤耕耘者已身影全无，“无人耕种的农田/留下荒芜在收集记忆的泪水/熨平结扎了的生活皱纹”；不断膨胀的现代都市带走了青年人的魂魄，从而把村庄逼上了绝境，“是城市俘虏了无数人的魂魄/是青春抛弃了它的后半生/再多的绿也无法让历史催生氧气”；“离乡”写满每个人的心怀，村庄已成为没有灵魂的空壳：“一扇扇窗户写上离乡的符号/符号已变成了渴望的眼睛/痕迹随着禾苗老去/人们更愿意在石屎中行走”。一百年后，那在世界文明史上独具风韵的“乡土中国”已经不复存在，这是多么可悲的历史结局。诗人的想象或许显得有些偏颇，但诗歌由此抒发的乡愁却是异常感人肺腑的。

诗二首

黄廉捷

沾满泥土的土豆

泥土下深埋的理想之梦
在一个湛蓝的秋日里破土而出
它从未瞧见过这么热烈的阳光
它拒绝菠萝蜜树叶上蝉虫响唱的挽留
它要当一头奔向城市的公牛
让精神背离泥土
把梦幻的美好图画当成一只对抗内心视线的拳头

幻觉的城市梦流淌着夸耀的神灵
总在麻醉它的神经，让它兴奋，让它夜不能眠
擦脸净身，灌入城市全息图
开始未知的石屎森林生活
“让土地召唤野草去吧！
我只想听到广场上振奋人心的喇叭声。”

天边一堆羞答答的彩云
展示各种姿态想再一次约会土豆
只是，错位的天堂之门变换了方向

若干年后
沾满泥土的土豆眼神变得忧郁

它不明白
这里的天空要么是线条的，要么是阴沉的
它的生活要么是阴影的，要么是忧郁的

这就是一头扎进城市里的土豆
它贴在了城市编织的铁网中
寻找蝉虫的身影

一百年后，我凝视这处村庄

我曾如此的亲近它、眷恋它、触摸它
一百年后
我希望还能与它说话

它通向外界的路只有一条
这是生命不会终结的小路
路的前方有书写历史的骑士

这里的尘土创造了我
我是这处村庄唯一的诗人
天际在为村庄洗脸
配上时光长出的树叶

岁月的主人合上了发问的嘴巴
泥土自有它的居所
那是长了翅膀的坟墓

我想象自己是这里的一滴水
村庄另一个有机体

竖起耳朵聆听发霉的对话

无人耕种的农田
留下荒芜在收集记忆的泪水
熨平结扎了的生活皱纹

是城市俘虏了无数人的魂魄
是青春抛弃了它的后半生
再多的绿也无法让历史催生氧气

一扇扇窗户写上离乡的符号
符号已变成了渴望的眼睛
痕迹随着禾苗老去
人们更愿意在石屎中行走

一百年后，我凝视这处村庄
必定是从另一个人的眼里

朴素的抒写

——读陈强的几首诗

写诗、思考诗这么几年，也渐渐积累了一些对于诗的看法，我想，诗有简单，也有复杂，这种简单与复杂是就情思、结构、语言等而言的。很显然，《诗经》中大部分为人称道的诗是简单甚至简易的，如果硬要说它复杂，那其实更多的是因为时代的久远与语境的隔膜。当代深受现代主义浸润的诗，绝大部分是复杂的诗，复杂在主体的分裂、感觉的纷杂和表达的扭结，对优秀的现代主义诗人而言，写诗是跳舞（如马拉美言），也是飞翔，是突然转向，是旁逸斜出，是掷飞刀。我还有一点私见，最好的诗实际上是“简单的复杂”或“复杂的简单”，这样说不是在饶舌，诗歌这一稀缺元素往往源于一种极端化之后的复返，就在黎明或黄昏，在兴尽悲来的时刻。就像唐诗中的某些绝句，如“夜来风雨声，花落知多少”，或西方诗“人群中，这些面孔的鬼影；/潮湿的黑树枝上的花瓣”这样的片段，短短几行，情来，境来，神来，令人涵咏不尽。

诗人陈强的作品，我已经读过几遍，感觉是简单的诗。简单到让看惯了复杂、经历了世尘的眼睛有些难以适应。多少年过去了，人们已经不再安静地描写、单纯地抒情了，然而陈强仍然在简简单单、安安静静地描写着海滨的风情，回忆着过去生活的梦影。不仅题材是简单的，连修辞也是简单的。正如前面所说，简单不等于不好，在这里简单可以等于“朴素”。海边虾蟹的集散，海上的朝晖夕阴，早年情感中的美幻时刻，岁月里流失的梦想的碎片，这些林林总总的画面和记忆，毫不刻意地搭配在一起，成为涉世渐深、已经深入中年的人的另一种内在生活，确实有一种返璞归真的品质，重新擦拭看惯了复杂的眼睛，在这里简单呈现一种朴素的色泽。

“仁者乐山，智者乐水”，这种说法不单纯指向对“仁”或者“智”的区分，还意在说出山或水之于人的本源性意义。陈强是一个有水性的诗人，“大海”几乎就是他进行抒写的背景，赋予他诗性视野所有物事以意义。“一只海鸟掠过如林的桅杆/降落在一片雪白的海岸滩涂上/一片数不清的蟛蜞螃蟹/站着长长的队，踊跃闪动/像在这片海滩上举行盛大的集会/海鸟轻轻地徒步而过，也不惊动它们”（《一只海鸟与其他》），平稳的描写溢出了一些梦幻的色彩，海滨是怎样一个鸢飞鱼跃、万物竞自由的世界！海滨渔村的生活图景有桃花源般的魅力，“夕阳醉落在渔村袅袅的炊烟里/一片浪漫的橙黄镀金这片幽静的黄昏/岸边的苇草在晚风的摇曳中/朝着一个方向站队，像一行/整齐的文字写满渔村的诗行”（《渔村的黄昏》），作者似乎故意避免了现代性对原始乡村的侵蚀，整个画面涂抹着怀旧性的油彩。“每当思念的泪水遮住我的视线/海岛的沙滩、浪花、小船、渔网/和仙人花，沥沥地出现在我的眼前/小屋伴随着我成长而旧去/时光轮转，却留下深情的母爱/和那些旧时金色斑斓的记忆”（《旧时的小屋》），这可以看作诗人对个人生命原乡的一种追忆性回溯。

陈强用简单的意象、语词和结构表达出了一种带有普遍性的怀旧情感，对过去生活、情感的念想、回忆，带有强烈的怀旧色彩，在怀旧中浮现了过去一个时代的海边生活图景。这是一种朴素的抒写，朴素即真，真即有感人的力量。

（本文由程继龙撰写）

一只海鸟与其他（外二首）

陈　强

一只海鸟掠过如林的桅杆
降落在一片雪白的海岸滩涂上
一片数不清的蟛蜞螃蟹
站着长长的队，踊跃闪动
像在这片海滩上举行盛大的集会
海鸟轻轻地徒步而过，也不惊动它们
疲倦了，就钻入洞穴里憩息
然后，又挖出一堆新的泥粒
筑起一道防御海水浸入的围堤

海风赶着浪潮慢慢地往岸边上涨
它们像是不愿意离开这片宁静的
世界，海水渐渐地淹没了洞穴和窝巢
它们便成了无家可归的游子
一个赶海捉鱼归来的渔夫
挑着一肩沉重的鱼虾和喜悦
跟在后面的那条黄毛的小狗
时而蹦蹦跳跳，时而摇尾慢行
时而往前猛跑，时而往后嗅觉
看它高兴得像个顽皮的小孩一样

那片墨绿挺拔在海面的红树林
盘旋着几只海鸟、蜻蜓和彩蝶

那些贪玩的蟛蜞螃蟹及它们的伙伴
退潮了，却一群群地在滩涂上爬行

渔村的黄昏

夕阳醉落在渔村袅袅的炊烟里
一片浪漫的橙黄镀金这片幽静的黄昏
岸边的苇草在晚风的摇曳中
朝着一个方向站队，像一行
整齐的文字写满渔村的诗行

几只海鸟噢噢地往浪谷里滑翔
啄起一首柔软的渔歌从桅杆掠过
晒晾着的渔网，似一张灰色的
夜幕，包裹着那片颀长的海边滩涂
人们与往常一样地散步、看海、听涛
聊天和看着太阳渐渐地躲进西山
不知不觉，一轮弯弯的月亮悄悄地
探出头来，撒下的一条银色的玉带
把我的影子拉得像诗句一样长

旧时的小屋

这座破旧的小屋
像一个庞大的邮箱
包裹着我童年的故事
和一些难忘的时光
我从海岛的渔村走出

浪花像童年的泪水
溅湿了幼稚天真的脸颊
那盏煤油灯微弱的火光
还熠熠地在旧屋的窗前闪亮

每当思念的泪水遮住我的视线
海岛的沙滩、浪花、小船、渔网
和仙人花，沥沥地出现在我的眼前
小屋伴随着我成长而旧去
时光轮转，却留下深情的母爱
和那些旧时金色斑斓的记忆

后　记

这里收录的文章是我从事诗歌研究十余年来微不足道的学术收获，虽然算不上什么高论，但作为学术征程上的一点个人心得，我自己还是较为看重的，本着敝帚自珍之因，我把它们收聚在一起，结集出版，也给自己十余年的学术研究来一次小结。

我从事诗学研究的起步阶段，应该追溯到1998年我考入西南师范大学中国新诗研究所攻读中国现代诗学研究生时。不过，平心而论，我一直把西南师范大学硕士三年和四川大学博士三年的学业修炼之期看作学术的摸索阶段，真正找到一点学术门径，应该是在博士毕业之后。

从2003年进入湛江师范学院（现为岭南师范学院）到今天，我在这里战斗了近12载春秋。在此期间，迫于职称晋升的压力，更多是来自诗歌研究的兴趣，我撰写了大量的诗歌批评和诗学研究的论文，陆续在一些学术期刊和文学杂志上发表。这些论文涉及诗歌基本理论、诗歌研究方法、新诗史重评、当代诗歌现象阐释等，其中有关新诗文本细读与网络诗歌的若干论文，在学界引起了一定反响，这是令我欣慰的。由于这些文章散落于各个刊物之中，自我查阅不甚方便，读者阅读更是只见东鳞西爪，无法构成整体上的印象，我便把这些论文集结在一起，依照观照对象和研究方式的差异分编为几册。其中学术论著为《诗歌研究的理论与实践》《文学研究的比较视野》，诗歌批评文集为《探秘的诗学》《蓝色的旋律——湛江当代诗歌评点》。上述几本由暨南大学出版社同时推出。另有《诗想的踪迹》《灵魂的维度》几本批评文集，则交由别的出版社印行。

除了《文学研究的比较视野》外，其他诸著均是以中国新诗为研究对象的。我一直认为，诗歌批评和研究，其实是很艰难的一项工作，而且常常会吃亏不讨好。一方面，诗歌是一种最为精短的文体形式，要对这样短小的文字加以研究和阐释，从寥寥几行中挖掘出可以深发的内容，这并不是方便轻松之事；另一方面，诗歌是一种以含蓄蕴藉为审美追求的艺术样式，其文本的多义性和朦胧性，决定了几乎所有的诗歌阐释都是一种“误读”，这种“误读”能在多大程度上与诗人和诗歌阅读者达成共识，为人们所认可，是令人颇生疑窦的事情。然而，既然选择了诗歌这种文体作为自己学术介入的路径，我就只能硬着头皮一往无前，没有丝毫退却的余地，这或许是所有学术从业者无可摆脱的宿命吧。

在某次学术会议期间，与诗评家沈奇聊天，他告诉我，学术著述其实有两种形态：一种是论著式写作，体系庞大而局部尚粗；另一种是论文式写作，格局细小但表述精致。二者各具特色，并无短长之分。他的概述是有道理的。我想我可能属于后者。

感谢暨南大学出版社人文分社的杜小陆社长和各位编辑，因为你们的辛勤劳动，我这些文字才可以著作的形式重新出现在人们面前。这是一次重生，也是一次告别。我将把它们小心珍藏好，然后重新上路，去开始新的学术征程。

张德明

于南方诗歌研究中心

2015 年 9 月 20 日